아무튼, 외국어

아무튼, 외국어

조지영

위고

차례

아마도, 아마도, 아마도

왕가위 감독의 〈화양연화〉는 나에게 좀 특별한 영화다. 마주 혹은 나란히 앉아 있는 양조위와 장만옥 사이의, 그야말로 터져버릴 듯이 증폭되던 격렬한 사랑의 감정을 조마조마한 마음으로 지켜보았다. 불현듯 생겨난 저 감정을 서로 눈치챌까 봐 혹은 모르게 될까 봐 안절부절하였다.

이 기억이 애틋한 것은 영화를 파리의 어느 작은 극장에서 보았기 때문이다. 1960년대 홍콩, 이웃에 사는 유부남, 유부녀의 광둥어 대화를 프랑스어 자막으로 지켜보며, 영화에 깔리던 냇 킹 콜의 영어 악센트 강한 스페인어 노래를 흥얼거리며 극장을 빠져나왔던 기억이 새록새록 떠오른다.

이렇게 적고 보니 마치 그 시절의 파리 유학생처럼 느껴지지만 그런 계열은 전혀 아니었다. 나는 그때나 지금이나 파리를 짧게 다녀가는 넘쳐나는 여행자 중의 하나이고, 그때도 기껏해야 사나흘 머물렀을 뿐이다. 그렇다면 파리까지 가서 왜 하필 홍콩 영화를 보고 왔을까? 논리적인 이유 같은 것이 있을 리 없다. 한국에서 극장 개봉 시즌을 놓쳤던 영화였고, 굳이 뭘 더 갖다 붙이자면 여행 직전의 실연의 시련을 스스로 다독일 의식 비슷한 것이 필요했다는 정도랄까. 다행히 영화에 대사가 별로 없어서 이해에 큰 어려움이 없었다. 혹시 그때 이해한 것이 틀렸을까 봐 DVD를 사놓고 정작 다시 본 기억은 없다.

여행을 다녀와서 엉뚱하게도 중국어 공부를 시작했다. 차마 〈화양연화〉 때문이라고는 못했지만, 그야말로 전혀 알아들을 수 없었던 그 미지의 언어를 조금이라도 엿보고 싶었다. 웬만하면 싸우는 것처럼 들리는, 높낮이가 유난한 그 말들을 한번 배워보고자 했다. 그게 그러니까 2001년 즈음이었다. 마침 친한 후배 하나가 화교였다. 졸업을 앞두고 있던 후배는 통역대학원을 준비 중이었는데, 지금 생각하면 금쪽같은 시간을 쪼개서 나한테 "니 하오 워 쓰 한궈렌니너" 같은 말을 가르치려고 애를 썼다. 착하지만 깐깐했던 후배 선생님은 병음 표기 없이 오직 한자만 가득한 교재를 가져와 내 국적 불명의 성조를 매번 고쳐주었다. 등려군과 왕페이의 노래도 함께 불러가면서 나름대로 재미있게 수업을 이어가던 어느 날, 나는 용기를 내어 물어봤다.

"〈화양연화〉를 자막 없이 보려면 공부를 얼마나 해야 될까?"

"언니, 그 영화 광둥어일걸요? 홍콩 영화잖아요."

그랬다. 내가 짧게나마 붙들고 있던 그 성조와 글자는 〈화양연화〉의 언어와는 조금, 아니 많이 달랐다. 도대체 그런 것도 몰랐느냐는 후배의 애처로운 눈빛이 짧게 느껴졌던 것도 같다. 중국어 공부는 석 달을 넘기지 못하고 끝이 났다. 광둥어가 아니라서 관심이 식은 건 아니고, 나는 곧 대학원 졸업을 앞두고 있었고, 후배도 본격적으로 통역대학원 준비를 앞두고 있던 상황이었다. 어쩐지 방학이 끝나가는 느낌으로, 그야말로 재미로 배웠던 중국어(만다린) 공부도 추억으로 남았다. 지금 생각하면 그때 중국어를 더 오래 배웠더라면 좋았을 텐데 싶다. 후배가 바쁘다면 학원을 찾아볼 수도 있었고 다른 선생님을 소개해달라고 해볼 수도 있었으련만. 솔직히 말하면 3개월 전후로 외국어가 어려워지는 순간이 다가오는데, 어김없이 그 고비를 넘지 못했던 이유가 더 크다.

고백하자면 내게는 '외국어 3개월 정도만 배워보기'라는 취미 생활이 있다. 심지어 전혀 모르는 말인데 독학을 하기도 한다. 책 한 권을 사다가 그냥 무작정 들여다보거나 오가는 출퇴근길에 괜히 들어보고 마는 식이다. 외국어 3개월이라는 것은 바이엘 상권의 반절 정도의 진도에서 피아노 배우기를 그만두는 것과도 비슷하다. 대략 악보는 볼 수 있지만 (심지어 다장조), 피아노를 친다고 말해도 되는 걸까 싶은 바로 그런 무렵에 피아노를 그만두고, 이번에는 첼로를 해볼까 두리번대는 식이다. 그것이 중국어부터 시작되어, 아니 그 앞에는 일본어가 있었고, 그 후로 독일어나 스페인어로 이어지는 기묘한 방랑 생활이 되었다. 아마도 이 리스트에는 포르투갈어가 추가될 가능성이 있다. 왜 이러는 걸까, 스스로 생각할 때마다 〈화양연화〉의 냇 킹 콜이 그 부드러운 음색으로, 하나도 스페인 사람 같지 않은 악센트로 노래하는 〈Quizás, Quizás, Quizás〉를 떠올리는 것이다. '아마도, 아마도, 아마도' 혹은 '글쎄, 글쎄, 글쎄' 그렇게 번역되곤 하는 이국의 말들로 이유를 대신할 수 있을는지.

누구도 나에게 독일어를, 스페인어를 배우라고 하지 않았지만, 괜히 그러고 있다. 나는 왜 외국어에 한눈을 팔게 되었나? 나의 외국어 배워보기는 사실 목적이 없다. 『수학의 정석』을 사면 집합 부분만 열심히 보고 나머지 영역은 열어보지도 않았던 것처럼, '혼자서 배워보는 외국어'류의 책들도 거개는 인사와 날씨와 숫자와 계절 정도가 지난 다음의 페이지는 완전 새 책 같다. 외국어와는 무관한 일을 오랫동안 해오고 있고, 의지가 약한 데다 야근은 흔하니까, 혼자서 익히기는 어려우니까, 집 근처에 학원이 없으니까, 오만 가지 이유 안 되는 이유들 사이로 숨어들기를 십수 년이다. 관심이 많지만 열심히는 하지 않는 이 꾸준함은 또 뭘까 싶지만, 습관적인 게으름 속에서도 꽤 오랫동안 이어지는 이 집요한 미련에 대해서, 이제라도 인정을 해보자는 차원에서, 용도를 알 수 없는 책을 쓴다. 미지의 외국어가, 이 모르는 말들이 어째서 나를 매혹시켰는지, 혹은 그 매혹이 문득문득 어떻게 다시 일상에서 발현되곤 하는지를 더듬게 될 것 같다. Quizás, Quizás, Quizás.

혹시라도 외국어를 단기에 마스터하는 방법 같은 것을 궁금해하시는 분들이라면, 여기서 책을 덮으시는 편이 훨씬, 현명할 것이라 덧붙인다. 그런 방법 같은 것을 알았다면, 정말… 정말 좋았을 텐데.

어느 나라에나 철수와 영희가 있다

외국어를 잘하고 싶다는 로망은 어쩌면 이 나라에 사는 사람들이 조금씩은 비슷하게 품고 사는 마음일 것이다. 어느 나라 글자와도 그 모양이 전혀 닮지 않은 모국어 특유의 개성과 세계 유일의 분단 국가라는 특수성까지 고려하면 어쩐지 외국어 한번 배워보자는 패기에 괜한 억울함과 비장감까지 더해진다. 한자 문화권이라는 말이 있지만 막상 한문을 직접 쓰거나 읽을 일은 거의 없으니, 아무래도 한국어 네이티브들에게 외국어 배우기란 쉬운 일이 아니다. 설마 나만 어려운 건 아니겠지….

내가 아는 모든 외국어 교재의 1장은 인사로 시작한다. 어떤 나라에 철수나 영희가 공부하러 가 있다. 물론 요즘은 '철수'나 '영희'라는 이름을 본 적이 없지만, 아무튼 이 친구들은 이국땅에서도 유난히 친절한 선생님들과 친구들을 만나서 살가운 대화를 나눈다. 이 대화들 사이에서, 나는 이국에서의 아침, 점심, 저녁의 인사와 헤어질 때의 인사, 잠들기 전에 하는 인사 등을 차례로 배운다. 그러면 각주라든지 덧붙임 같은 형식으로 아침에 꼭 아침 인사를 하지 않아도 된다라든가, 친구끼리는 그렇게 깍듯이 인사하지 않아도 된다는 팁도 함께 배울 수 있다.

이어서 이름을 묻고 답하고, 가족을 소개하고 '어떻게 지내느냐?'는 인사도 배운다. 이윽고 여러 나라에서 온 친구들을 소개받으며, 친구들이 어디에서 왔고 어디서 사는지 정도를 알고 나면, '몇 살이냐?'가 나온다. 모든 기초 외국어 1~5장 정도의 공통된 포맷인 것 같다. 거기에 1에서 10까지의 숫자, 시간과 요일을 읽고 말할 줄 알면, 대략 평화로운 도입부다. 여기까지는 굳이 외우고 자시고 하지 않아도 저절로 공부가 된다. 여기까지의 외국어라면 나는야 멀티링구얼이라고 외치고 싶지만 세계는 그렇게 평화로울 리가 없다.

외국어의 평화를 잠식하는 것은 대체로 동사라는 막강한 빌런의 공이 크다. 마치 공부를 잘해도 수학을 못하면 크게 힘(?)을 쓰지 못하는 것처럼, 언어를 잘한다는 것은 동사를 잘 구사한다는 뜻과 많이 다르지 않다. 우선 동사가 제 역할을 하려면 고려해야 할 요소들이 많다. 주어가 하나인지 둘인지 남자인지 여자인지가 중요하고, 말하는 사람과 듣는 사람의 관계도 중요하고, 무엇보다 시간이 매우, 중요하다. 영어에서 완료시제를 배울 때, 'have+pp'라는 공식을 암기했던 사람들은 과거-현재-미래 말고도 또 다른 시간의 영역이 있다는 것을 이론적으로나마 경험했을 것이다. 외국어를 배울 때 고생문이 열리는 지점은 그러니까 바로 이런 순간, 시제를 배울 때다. 성과 수와 시제를 일치시켜야 할 때, 정확하게는 우리에게 없는 것을 배울 때다. 무엇이든 일대일 대응이 된다면, 어렵지 않다. 엄마와 아빠와 친구들, 책과 눈과 비와 사랑같이, 형태가 같고 개념이 같은 것들은 그대로 외우면 된다. 그러나 우리에게 없는 말들은 곧 우리에게 없는 개념들이다. 프라하의 소비에트 학교에서 수학했고, 후일 러시아어 통역을 오래 했던 일본의 에세이스트 요네하라 마리는, 열네 살에 일본으로 돌아오기 전까지는 '열등감'이라는 말을 들어본 적이 없어서, 그런 감정이 무엇인지도 몰랐다고 생전에 술회했다. 심지어 체코에서는 '어깨 결림'이라는 말도 들은 적이 없으니, 말이 없으면 신체 감각도 없게 마련이라고 했다(체코에 가고 싶다).

대학교 1학년인가 2학년 때 교양필수로 들어야 했던 철학 개론 시간, 그때 젊은 교수님께서 강의 중 연신 갸웃거리다가 칠판에 독일어를 잔뜩 써놓으셨던 기억이 있다. '어쩌라고?' 하는 얼굴로 앉아 있었던 우리들에게 독일어로는 쉬운 개념인데 우리말로 설명할 방법이 없다 하셨던 교수님의 하소연이 생각난다.

　세월이 한참 흘러 막상 간단한 기초 독일어 책이라도 몇 장 넘겨보니 교수님의 그 말이 무슨 뜻인지 어렴풋하게 짐작되었다. 다소 무리를 해서라도, 단어 하나로 분명하게, 정확하게 표현하고자 하는 독일어의 고집 같은 것 말이다. 일단 간단히 인사말을 배우는 수준에서도 꽤 긴 단어가 목격되었다. 가령 누군가 재채기를 하면, 영어로는 "(God) Bless you!"라고 하지만 독일어로는 "Gesundheit!"라고 한 단어로 외친다. "다시 만나요!"라고 할 때도 '재회'를 뜻하는 'Wiedersehen'이라는 말에 전치사를 붙여서, "Auf Wiedersehen!"이라고 쓰는 것도 비슷한 맥락 아닐까? "See you again!"이 한 단어가 되는 느낌?

　특히 단어를 두 개, 세 개씩 이어 붙여서 한 단어로 만드는 케이스는 유난히 많은 듯했다. '스스로'라는 뜻의 'selbst'와 '분명한'이라는 뜻의 'verständlich'를 붙여서 "Selbstverständlich!(물론이지!)"라고 쓰는 식이다. 왜인지는 잘 모르겠지만 무시무시한 인상의, 하지만 사실은 '생일 선물'이라는 정다운 말인 'Geburtstagsgeschenk'도 '생일'과 '선물', 두 단어를 이어 붙인 것이다. 일상적인 단어 수준에서도 이런데 추상적이거나 철학적인 개념을 다루는 어휘 수준에서는 어떨까. 독일어는 다른 언어에 비해 유달리 긴 단어가 많은 것처럼 느껴지는데, 아마도 이런 단어들, 복잡한 뜻을 가진 개념을 어떻게 해서든지 한 단어로 정의하는 말들이 많기 때문일 것이라고, 기초 독일어 학습자(?)는 추측해본다.

외국어를 배운다는 것은 너무나 당연하게도, 우리에게 없는 것을 알아가는 과정이다. 이런 순간들 때문에 책을 금방 덮기도 하지만, 간혹 입으로 읊조렸던 단어들이 귀에 들릴 때, 여행지의 안내문에서 아는 단어가 튀어나올 때, 포르투갈 버스 표지판이나 레스토랑 앞에서 'sex'라는 단어를 봐도 당황하지 않는 나 자신을 발견할 때 괜히 혼자 뿌듯하다(버스 표지판에 써 있는 'sex'는 금요일을 뜻하는 포르투갈어 'sexta-feira'의 줄임말이다). 하지만 현실적으로 휴가가 길지 않기에 이런 순간은 극히 드물고, 평소에는 사실 크게 쓸 일이 없을 외국어를 공부하고 있는 내가 한심하면서도 대견하고 어쩐지 시간을 좀 가치 있게 쓰는 것 같아 미묘한 안도감이 들기도 한다.

다시 말하지만, 한국어 네이티브가 이국의 언어를 배울 때 만나는 난관은 수없이 많다. 우선 거의 모든 외국어 발음이 어렵다. 게다가 'a(an)'와 'the' 정도는 가볍게 비웃는 광활한 (부)정관사를 접할 때, 명사에 성이 있다는 사실을 발견했을 때, 어디가 규칙이고 불규칙인지 알기 어려운 동사를 외워야 할 때를 비롯해서 난관은 끝이 없다. 명사나 형용사에 성과 수가 없는 말, 관사라는 존재 자체가 없는 중국어나 일본어는 그럼 좀 쉬울까? 상대적으로 한국 사람이 일본어 배우기는 조금 수월하다는 말이 있지만, 어디까지나 '조금' 그럴 것이다.

모든 언어는 그 언어가 그 언어일 수밖에 없는 개성과 그 개성이라는 예쁜 말 뒤로 어마어마한 협곡이 있다. 협곡을 건넌 사람과 건너기 전에 멈춘 사람, 협곡에 빠진 사람으로 나눈다면 나는 대체로 협곡이 보일 즈음에 멈췄거나, 빠졌다가 겨우 나와서 가던 길 안 가고 반대로 돌아왔던 것 같다. 하지만 '그래, 한국말이나 제대로 하고 살자' 마음을 다잡다가도, 서점에라도 가면 외국어 코너에서 자꾸만 서성인다. 앞부분만 흔적이 남아서 헌책방에서도 환영받을 만한 기초 외국어 책이 집에 잔뜩 쌓여 있건만, 이 미련의 정체를, 잘은 모르겠다. 게다가 결정적으로 늘 시간이 별로 많지 않다.

　　외국어에 능통한 분들은, 한 가지 언어를 집중해서 공부하고, 어느 정도 실력을 쌓은 후에 다른 언어에 도전해보라는 조언을 해주신다. 아마도 맞는 말씀인 것 같다. 그래서 나의 외국어 실력이 늘 거기서 거기일 수도 있지만, 오늘은 기초 독일어를 들어볼까, 초급 일본어를 들어볼까 하는 외국어 방랑자의 마음은 쉽게 정박하기 어렵다. 여기가 아니라면 어디라도의 마음이 어쩌면 가장 간절한 시간, 출근길마다 나는 기초 외국어를 듣는다.

Bienvenue!

프랑스어. 그래도 전공까지 했으니 협곡에 빠진 수준은 되겠다. 하지만 졸업과 동시에 그 협곡에서 탈출하고 다시는 얼씬도 하지 않으려고 했다. 대학교에서 협곡은 도처에 널려 있었다. 수업 시간에 '행복한'이라는 뜻을 가진 'heureux'를 읽을 때마다 행복하지 않던 순간들(정확히 어떻게 읽는 걸까?), 단어를 다 알겠는데도 해석을 전혀 못하던 강독 시간들….

그런데 과거 시제만 다섯 개가 돼 프랑스 사람들도 헷갈린다는 이상한(?) 언어를 나는 꽤나 이리저리 짝사랑처럼 좋아했던 것 같다. 마치 중력을 거스르듯이, 온갖 형식미와 문법을 사랑하는, 심지어 구어체로는 쓰지 않는 시제도 있는 고고한 언어를 사랑했다. 애초에 한국어 네이티브가 잘할 수 있는 가능성 자체가 희박한 말이었지만, 그래도 무척 잘했던 동기들과 선배들이 많았던 걸 보면, 그냥 내가 열심히 안 했기 때문이라는 당연한 인과관계가 성립된다.

졸업을 하고 취직을 하고 직장 생활만 십수 년이 넘어가니, 프랑스에 놀러 갈 일이라도 없으면 죽을 때까지 쓸 일이 없을 것 같은 말인데, 꼭 하나만 잘하고 싶은 말을 택하라고 한다면, 나는 프랑스어를 선뜻 택하게 될 것 같다. 프랑스에 갈 때마다 그 불친절함에 기겁하면서도 또 가고 또 가게 되는 희한한 마음과도 닿아 있다. 너무 어렵고 도도한 말. 이루어질 수 없는 첫사랑처럼.

전공 불문입니다만

잡담 중에라도 대학 때 전공 얘기가 나오면, 화제를 바꾸고 싶어진다. 물론, 전공을 말하면 사람들이 "나 지금 무슨 생각하게?" 하고 맞춰보라고 한다는 심리학과 졸업생이나 영원히 노트북 추천 혹은 수리 요청에 시달린다는 컴퓨터공학과 졸업생보다야 낫겠지만, "불어를 잘하시겠네요!"라는 영혼 없는 기대감을 접하고 나면 전공자라고 불어를 잘하는 게 아니라는 경험적인 팩트와 그런 얘기 하시는 당신은 전공을 잘하시는지 묻고 싶은 호승심이 묘하게 시너지를 일으킨다. 해명을 하고 싶지만 대개는 그냥 "봉주르밖에 몰라요" 하면서 얼른 다른 화제로 넘어가곤 한다. 그러나 자주는 아니더라도 가끔은 "불문과를 왜 갔어요?"라든지 "불문과 나와서 잘 풀렸네요?" 같은 호기심인지 비아냥인지 분간하기 어려운 반응을 접할 때도 있는데, 그럴 때는 난감함이랄까 자괴감이랄까, 하여간 그런 복잡한 감정이 일제히 밀려오기도 한다.

우리나라에서 불문과의 위상이라는 것은, 내가 학교에 들어갈 때나, 혹은 그 훨씬 전이나 지금이나 크게 다르지 않은 것 같다. 그때나 지금이나 비인기 학과이고, 아마 앞으로도 그러할 것이다. 그래도 우리 때는 고등학교 때 제2외국어로 불어를 배웠는데, 요즘은 제2외국어로 불어를 배운다는 얘기를 들어본 적이 없다.

어쨌든 그런 전공을 찾아 들어온 사람들은, 불어나 불문학이 좋아서라기보다는 1지망에서 떨어져서 온 사람들 혹은 전공보다는 학교가 중요해서 온 사람들이 많았다. 이웃한 독문과도 아마 비슷한 사정이었을 것이다. 내가 입학했을 때 불문과 50명, 독문과 50명, 영문과 100명이었는데, 몇 년 후 어문학부제가 되면서 입학생 200명 중에 영문과를 전공으로 택한 학생들이 180명을 넘어서기도 했다. 영어같이 두루두루 쓰임새가 많은 언어라면 모를까, 불어에 불문학이라니 수요 자체를 타진하기 어려운 전공이었다. 그 사실을 입학 전에 모르는 바가 아니었지만, 나로 말하면 굳이 그런 불문과를 가겠노라, 모의고사 때마다 한 번도 빠지지 않고 불문과를 적어내곤 했던 사람이었다. 이런저런 이유가 없지는 않겠으나, 무엇보다 무작정 좋았다. 좋은데 무슨 이유가 있나 싶은 그런 마음.

대학에 들어오기 전까지 불문학 작품은 읽은 적이 거의 없었다. 『어린 왕자』와 『이방인』 정도는 읽었지만, 전공을 결정할 만큼 막 좋은지는 몰랐다. 그보다는 불문과를 졸업한 한국 사람들의 영향을 조금 더 많이 받았다. 이를테면 김현이라든지 김승옥, 김화영, 최윤, 이인성과 이성복 같은 사람들의 소설과 평론과 시들을 열심히 읽었던 워너비 문청의 고딩 시절을 보낸 탓인지, 어쩐지 불문과를 가서 한국 문학을 할 것 같다는 귀납적이고도 비약적인 결론에 이르곤 했다. 하지만, 말하자면 그게, 그러니까 그냥 터무니없는 겉멋이었다는 것을, 1학년 1학기 불어 받아쓰기 시험을 보면서, 나아가 한 줄 한 줄 해석하다가 진이 빠지던 중급 불어의 원서 강독 시간에 바로 깨닫게 되었다. 외국 문학을 한다는 것이 얼마나 지난한, 텍스트와의, 저자와의, 또 나와의 싸움인지를 어렴풋이 눈치채자마자 바로 연애와 동아리 활동에 매진했다. 자연스러운 수순으로, 로망이었던 불어불문학은 그저 '학점 따기 어려운 과목'으로 변해갔다.

대학 시절은 빠르게 지나갔고, 불어는 어려웠고, 취직은 더 어려웠다. 우여곡절 끝에 들어간 회사와 대학원과 또 회사의 시간이 더 빠르게 지나가는 사이, 불어는 더 멀리 잊었다. 다녔던 회사 모두 불어와는 조금의 관계도 없었고, 뒤늦게 찾아간 대학원도 불문학과는 무관하였다.

그러다가도 문득 어디선가 불어가 들리거나, 어딘가에 불어가 적혀 있거나 하면 어쩐지 오감이 집중된다. 제일 안타까운 것은 저 말이 불어인 것은 알겠는데, 무슨 말인지는 모르겠는 순간이다. 예전에 다니던 회사에서 구미의 모 전자회사에 잠시 파견을 나간 적이 있었다. 그때 회식 자리에서 당시 부장님께서 "그 회사(=내가 다니던 회사)는 정말 전공 안보는 것 같더라고. 무슨 농대 다닌 사람, 불문과 다닌 사람도 다 오고. 껄껄" 웃으셔서, 마치 취업 사기로 회사에 들어온 당사자처럼 등줄기에 땀이 흘렀던 기억이 난다. 지금은 "전공 불문이라서 들어왔는데요"라고 웃으며 쓸쓸한 언어유희를 펼쳐 보이기도 하지만, 그럴 때마다 드는 아쉬운 감정은 이 쓸모도 없는 전공을 왜 했을까보다는 학교 다닐 때 불어 좀 열심히 할걸, 이라는 후회에 가깝다. 인과관계가 종종 혼동되지만, 열심히 안 했고, 그러다 보니 잘 못해서, 그나마도 다 까먹어서 아쉬울 뿐이지, 나는 이 전공을 후회한 적이 없다. 대체적으로 한심하고 일반적으로 잘 안 풀리는 이 삶의 이유는 나 때문이지, 나의 전공 때문은 아니기 때문이다.

알리앙스여 안녕!

대학교 합격 발표 직후, 나는 어떤 의무감에서 내지는 정해진 수순처럼 알리앙스 프랑세즈(Alliance Française)에 등록했다. 그 이름마저 있어 보이는 알리앙스 프랑세즈는, 세계에서 가장 유명한 프랑스어 학원이다. 1883년 파리에서 무려 '프랑스의 영향력 유지와 확장'이라는 분연한 목적 아래에 설립된 협회이기도 하다. 독일어에 괴테 인스티튜트가 있다면, 프랑스어엔 알리앙스 프랑세즈가 있다는 식이다. 양쪽 다 각국의 정부로부터 후원을 받는 것 또한 유사하다. 오래된 라이벌들답다. 아무튼, 프랑스어를 하려면 역시 알리앙스 정도는 다녀야지, 하는 마음으로 등록을 했다.

오래되어 기억이 가물가물하지만, 언니들이 대부분이었던 우리 반에서 나는 막내였다. 언니들은 대체로 패션, 요리, 미용 쪽으로 유학을 준비하는 듯했다. 이채로웠던 것은, 거기서도 어김없이 불문과(입학 예정)라는 것이 많은 화제를 모았다는 것이다. "불문과 나와서 뭐 해요?" 같은 얘기를 알리앙스에서도 듣게 될 줄은 몰랐다는 뜻이다. 물론 어떤 비아냥의 뉘앙스는 전혀 아니었고, 정말 순수하게, 졸업하고 무엇을 하고 싶냐는 궁금증 같은 것이었다. 어쨌거나, 그때는 심지어 학교 입학 전이어서, 졸업 후에 뭐 할지는 알 수도, 알 필요도 없던 터라 수업은 그저 재미있었다. 고등학교 제2외국어로 이미, 불어가 그래도 초면은 아니어서, 아주 어렵지도 않았다. 생각해보면 그것이 나의 첫 어학원 경험이었다. 영어나 일어가 아니라 프랑스어로 첫 테이프를 끊었다는 것에 혼자만의 의의를 둔다. 합격 발표 후 한 달만에 입학을 했으므로, 알리앙스 프랑세즈는 딱 한 달을 다녔다. 합격 발표가 나고 대학 들어가기 전까지가 인생에서 가장 합법적으로(?) 내지는 강제적으로 노는 시기인데 대관절 프랑스어 학원이라니, 그때의 나와 마주친다면 학원으로 향하는 나의 멱살을 붙들고 싶은 마음이 간절하다. 물론, 한편으로는 그렇게 생각이 없었으니 나름 프랑스어 학원도 다녀본 게 아닌가 싶기도 하지만.

학원에서는 프랑스어 이름이 필요했다. 나는 망설이지 않고 '줄리(Julie)'를 외쳤다. 왜 줄리였을까. 나는 '유리안나'라는 세례명을 가진─냉담한─신자였다. 논리적으로는 '유리안나'를 원래대로 표기하면 'Juliana'이니 줄여서 '줄리'로 하자는 발상이었다. 심정적으로는 중고등 시절 시네하우스를 닳도록

드나들던 시네 키드로서 쥘리에트 비노슈의 열렬한
팬이었던 이유가 크다. 특히 〈세 가지 색: 블루〉의
비노슈는 정말이지 놀라웠다. 그녀의 투명하다 못해
속이 비칠 것 같은 피부와 짙은 검은색 커트 단발머
리, 살짝 허스키한 목소리, 그리고 무엇보다 그녀의
프랑스어를 몹시 갖고 싶었다. 그때는 나 같은 사람
들이 많았는지, 카페마다 〈블루〉 포스터가 걸려 있
었다. 내 방에도 걸려 있었던 그 파란 포스터. 90년
대 중반에는 뤼크 베송 감독의 〈그랑 블루〉도 개봉
해, 카페마다 그렇게 벽면이 파랬다.

　　나에게 그렇게 다가온 닉네임 줄리는 짧은 학
원 수강 시절을 거쳐서 놀랍게도 회사에서 부활했
다. 대리님, 과장님이라고 부르지 않고 닉네임을 부
르는, 그때만 해도 생소한 문화를 가졌던 부서로 입
사한 탓에 나는 또 망설임 없이 그럼 줄리로 하겠노
라고 했다. 불어도 되고 영어도 되는 이름이라 편했
다. 다행히 배경을 묻는 사람들은 별로 없었고, 누가
물어보면 간단히 세례명 핑계를 대곤 했지만, 엄연히
'Wanna-be-Binoche'의 로망을 품은 닉네임이었
다. 10년이 넘도록 회사 생활을 했으니 메일로 메신
저로 육성으로 나를 줄리, 줄리 님이라고 부르는 동
료들이 많다. 처음엔 누구나 이런 광경을 접하면 뜨

악해하고 나조차 면구스럽긴 하지만 어쩌면 쥘리에 트 비노슈의 희미한 유산이고, 알리앙스 프랑세즈의 화석 같은 업적이기도 하겠다.

알리앙스 프랑세즈 한 달 동안, 그래도 옆에 앉 았던 언니와 짧게 회화 같은 걸 하면서 프랑스어와 아주 조금은 더 친해졌던 것 같다. 수업 시간에 프 랑스어만 쓰는 게 원칙이어서 잡담이란 애초에 있을 수가 없었지만, 선생님의 선명한, 여러 번 반복해주 시는 발음 덕분에 '오, 이만하면 할 만한걸?' 싶기도 했다.

아마도 내 인생에서 프랑스어가 가장 재미있고 유쾌했던 한 달이었다. 특히 교재나 프린트물에 등 장하는 장소들이, 실은 파리에 실존하는 장소들이며 역사적으로 유명한 사람들이 자주 나타났던 곳이라 고 선생님이 설명해주실 때마다, 왜인지 가슴이 뛰 었다. 대학에 들어가서도 그 유명한 장소들은 어김 없이 교재에 등장했는데, 가령 무프타르 시장, 샹젤 리제 거리, 카페 푸케, 카페 뒤 마고, 카페 드 플로 르, 리옹 역, 오를리 공항 같은 장소들이 그랬다. 이 중에서 오를리 공항 빼고는 다 가본 것 같다. 다 갔 다고 하면 대단해 보이지만, 모두 하루 안에 갈 수 있는 거리에 있다. 특히 카페계의 라이벌 카페 뒤 마고와 카페 드 플로르는 당대의 유명하다는 문인들이 그렇게 드나들었다는 곳이라, 괜한 상념에 젖어 비싼 커피와 핫초코를 마셨던 기억이 아련하다…, 라고 쓰기에는 관광객이 바글바글해서 빨리 먹고 나가자 싶었던 게 사실이지만. 그래도 다음에는 아침 일찍 한가할 때 와야지, 다짐했다. 여기에 사르트르와 보부와르가, 저기에 헤밍웨이가, 까뮈와 피츠제럴드가 앉아 있었다는데, 커피가 좀 비쌀 수도 있지 생각하면서.

이제 와 고백하자면, 배수의 진 느낌으로 두 번째 달도 대뜸 등록을 했다. 3월에도 알리앙스를 더 다니고 싶었다. 4월과 5월에도…. 그러나 대학교 신입생의 3월이란, 일생에서 술을 가장 많이 마시는 3월이다(지금은 어떤지 모르겠다). 새로운 사람들을 만나고, 어제 만난 사람 오늘 또 만나고, 함께 노래하고, 토하고…. 아무튼 그런 3월을 보내느라 한 번인가 나갔던 것 같다. 알리앙스에서의 두 번째 달은 없었다. 우리 반의 막내, 심지어 유일한 불문과 학생이라며 다들 예뻐해주셨는데 20년도 더 지난 지금 문득 죄송하다. 하지만 다시 돌아가도 알리앙스의 두 번째 달은 없을 것 같다. 광란의 3월은 생에 한 번뿐이니까. 그때 분명히, 방학 때 다시 등록해야지 했던 것 같은데, 여덟 번의 방학을 맞으면서 단 한 번도 알리앙스 근처에 얼씬거린 기억이 없다.

정작 진짜 불문과 학생이 되고 난 후 프랑스어와 나의 사이는 서먹서먹해졌다. 알리앙스가 알았다면 슬퍼했겠지. 작별인사도 없이 도망치듯 떠나와(?) 정말 긴 시간이 흘렀다. 언젠가 어느 날에 다시 처음인 것처럼 인사할 날이 찾아올까? 프랑수아즈 사강의 『슬픔이여 안녕(Bonjour, Tristess)!』은 헤어질 때의 안녕이 아니라, 만날 때의 안녕이었다는 것을 상기해볼 대목이다. 그러니까, 기쁜 우리 젊은, 아니 알리앙스의 날들도 안녕(Bonjour, Alliance)!

나는 그 사람이 아프다

이소라의 노래를 좋아한다. 특히 6집 《눈썹달》을 애정한다. 그중에서도 〈바람이 분다〉는 여름이 끝나갈 무렵이면 연례 행사처럼 반복해서 듣곤 한다. 도입부 피아노 소리가 마치 가을이 다가왔다는 알람 같지 않은가? 노래를 듣다 보면 가본 적 없는 '해변의 묘지'를 상상하게 된다. 그 시를 쓴 시인, 폴 발레리는 몰라도 한 번쯤은 들어보았을 그 한 구절, "바람이 분다… 살아야겠다Le vent se lève!… Il faut tenter de vivre!"를 자연히 떠올리는 것이다.

〈바람이 분다〉처럼 자주 듣지는 않았지만, 오래전에 이자람이 불렀던 〈Belle〉이라는 노래도 이따금 찾아 듣는다. 처음 듣자마자 이 노래의 정서가 프랑스 같다고 느꼈다(제목부터 그렇다). 가사 중 "그대가 너무나 아파요"라는 구절이 단박에 롤랑 바르트의 책에서 나왔을 것이라 추측했다. 바르트는 이십 대의 내가 열병처럼 애달프게 읽어 내려갔던 『사랑의 단상』이라는 책을 썼다. 이 책의 유명한 단락이 바로, "나는 그 사람이 아프다J'ai mal à l'autre"인데, 우리말로 번역했을 때 그냥 비문이 돼버리는 이 문장이, 프랑스어로는 너무 자연스럽게 이해된다.

프랑스에서는 '어디가 아프다'라는 표현을, '어

디어디에 아픔을 갖고 있다'로 표현한다. 머리(tête)가 아프면 'J'ai mal à la tête'로, 배(ventre)가 아프면 'J'ai mal au ventre'라고 쓴다. 우리도 통상 '나는 머리가 아프다'라고 말하니까, 프랑스어에서 '나는 그대가 아프다'라고 한다면, 몸이 아파서 느끼는 통증처럼, 내가 그 사람을 아프게 느낀다 정도의 뉘앙스랄까? 여기까지 생각해내고 문득 혼자서 유레카라도 외치고 싶은 심정으로 어딘가에서 아는 척을 해보고 싶었지만, 고작 그런 수준의 얄팍함마저도 자랑하고 이해시킬 만한 대상이 없었다. 아니 그보다도, 대관절 내가 불어를 가지고 잘난 척 같은 걸하는 것은 좀… 경우에 안 맞는 일 같다.

대학교에 입학하고 전공 필수의 첫 번째 과목, 초급 불어 시간을 떠올릴 때마다, 추억의 맨 앞자리에는 딕테(dictée)가 있다. '딕테'란 불어로 '받아쓰기'라는 뜻이다. 교수님이 "다음 시간에 간단히 딕테볼게요" 할 때마다 가벼운 자포자기의 탄식이 강의실을 감쌌다. 나를 포함해서, 수능을 보고 대학까지 와서 받아쓰기 시험을 볼 줄은 몰랐던 1학년들은 바짝쫄아서 첫 딕테를 준비했다. 받아쓰기 시험이라는 것이 모름지기 청취한 문장을 틀리지 않고 받아 적는 것인 만큼, 듣기 연습을 해야 진짜 연습을 할 수 있는 시험이었다. 그러나 대학교 교재에 듣기 테이프가 있는 것도 아니었고, '서로 읽어주기라도 해야 할까?' 싶었지만, 모두 피차 발음에 대해서 숙연해질 수밖에 없는 수준이라, 그냥 책에 있던 문장들을 입으로 중얼중얼하며 한두 번 써보는 것이 딕테를 맞이하는 우리 대부분의 자세였다.

교재에서 분명히 본 문장인데도, 교수님이 불러주시면 완전히 처음 듣는 것처럼 새로웠다. 짧은 딕테를 마치고, 시험지가 걷혀가고, 다음 시간에 채점된 시험지를 받는 것은, 나이를 잊게 할 만큼 긴장된 경험이었다. 고르고 골라 전공으로 택한 언어가 여간해서는 잘 들리지 않는다는 것은 우리 모두의 딜레마였다. 같은 딜레마 속에서 연대감은 깊어졌지만, 어쩔 수 없이 우리 대부분은 졸업 요건을 간신히 채울 만큼의 전공 수업을 들었다. 전공 수업에서 듣기나 말하기보다는 읽기의 비중이 훨씬 높았던 것은 그 와중에 불행인지 다행인지 모를 일이었다. 그렇게 딕테의 첫인상은 낯선 언어에 다가가는 우리의 두려움은 아랑곳하지 않는 불어 특유의 도도함, 그것이었다.

2학년 이후에는, 중급 불어나 불어 강독, 그리고 불문학사 등의 수업을 들었다. 불어 원서를 해석하느라 두꺼운 불어 사전을 갖고 다녔다. 그때 노란색 두꺼운 띠지를 두른 삼화 불한사전은 불문과 학생들의 자랑이자 허세의 상징이었는데, 요즘은 다들 인터넷에서 쉽게 단어를 찾아볼 테니 가방을 든 어깨도 한층 가벼울 것 같다(그 많던 유수의 외국어 사전 출판사들은 요즘 안녕하신지 모르겠다). 그렇게 원서 해석 위주의 수업으로 바뀌고 나서의 괴로움은 딕테의 부담과는 또 다른 양상으로 펼쳐졌다. 강독 수업은 마치 콜드 콜(cold call) 방식으로 진행되었다. 교수님에게 호명된 학생은 원서의 단락을 읽고 해석한다. 그러면 그 옆에, 혹은 그 뒤에 앉아 있는 사람에게로 순서가 이동되는 식이다. 단어를 모르면 해석을 할 수 없으므로(실은 단어를 알아도 해석이 쉽지 않았다) 모르는 단어 없이 수업에 들어와야 했다. 즉, 예습 없이는 수업이 없다고 해야 하겠다. 최소한 단어의 뜻이라도 미리 적어놓지 않고 수업에 들어갔다가 콜드 콜에 걸리는 날에는 꽤 오랫동안 동기들에게 위로를 받아야 할 만큼 적지 않은 내상을 입었다. 어쩌다 예습 안 하고 수업에 들어간 날 콜드 콜에 걸리지 않는다면, 한 주의 운을 다 갖다 썼다고 봐도 무방했다. 수능이 끝나면, 대학에 가면, 수업에도 어딘가 낭만이 넘실거릴 줄 알았더니, 받아쓰기에 콜드 콜에 나의 프랑스어는 이렇게 자꾸 멀어지기만 했던 것이다.

나는 실력이 뛰어나지 못했지만 학점마저 바닥일 수는 없다는 어떤 절박함으로, 겨우겨우 안간힘을 써서 시험을 보고, 점수를 받아나갔다. 게다가 이상과 현실 사이에는 간극이 존재할 수밖에 없지만, 프랑스어와 프랑스어로 된 문학은 생각만큼 매혹적이지 않았다. 그래도 진득하게 뜻 모를 책을 붙들고 앉아서, 삼화사전 혹은 로베르사전(Le Robert)과 씨름하던 친구들은 계속 그 불문학이라는 어려운 길에 남았다. 나는 십대 시절에 스스로를 문학청년(죽어도 문학소녀는 하기 싫었고)으로 규정했으나, 그 길로 향하는 노력 같은 걸 해본 기억은 없다. 번역된 프랑스어 소설은 곧잘 읽었지만, 원서는 엄두가 나지 않았다. 졸업 이후 지금까지, 프랑스어는커녕 문학의 '문'과도 일절 상관없는 매일매일을 20년 가까이 뚜벅뚜벅 지내오고 있다. 출근을 하고 퇴근을 하고 야근을 하고 기안을 올리고 결재를 하고 보고를 하고, 다시 출근을 하고…. 그런 일상의 틈새로 불현

듯 마들렌 쿠키가 출몰할 때면, '아, 내가 그래도 불문과를 나왔는데…' 하는 뜻 모를 상념에 젖곤 한다. 가령, 여름이 끝나갈 무렵 이소라의 〈바람이 분다〉를 들을 때처럼.

어쩌다 이런 바람이 불고 나면, 한동안은 열병 같은 프랑스(어)앓이를 한다. 버리지 못한 불어 동사 변화책, 그렇게 괴롭혔던 강독 시간의 교재도 뒤적거리고, 프랑스어 회화 테이프(!)도 들어본다. 시간도 빠듯한 휴가에 프랑스까지 가서, 굳이 무덤가를 배회하며 이름 말고는 아무것도 쓰여 있지 않은 뒤라스나 카뮈의 묘를 찾아 몇 분간 서성이다가 돌아오기도 했다.
루르마랭에 있는 카뮈의 무덤은 정말 찾기도 힘들었다. 무성한 수풀에 둘러싸여 잘 보이지 않았다. 어렵게 찾아간 무덤가에는 이미 누군가 꽃을 두고 갔다. 세르주 갱스부르나 짐 모리슨의 무덤처럼 꽃이 넘쳐나지는 않아도, 뒤라스를, 카뮈를 기억하는 누군지 모를 사람들에게 까닭 모를 동질감 같은 것을 느낀다. 한 시절이라도, 열병같이 사랑했던 생의 어떤 시기를 기억하고 싶었던 사람들, "나는 그 사람이 아프다"라는 비문을 생에 한 번은 겪어봤을 사람들, 그러니까 나 같은 사람들도 다녀갔을 거라고.

Willkommen!

독일어는 가장 최근에 관심을 갖게 된 언어다. 옛날 같으면 그냥 '재미없음'으로 분류되었을 특징들이건만, 독일과 오스트리아 여행에서 느꼈던 단정함, 정갈함 같은 부분들이 마음에 들었다. 아마도 나이가 들었기 때문일 것이다. 관광객 주제에 너무 관광지 같지 않았던 그 분위기가 좋아서, 듣다 보면 은근히 매력 있는 그 발음이—폭스바겐 광고의 그 'das Auto' 같은—좋아서 독학을 시도했다.

학교 다닐 때 불문과 옆에는 당연히 독문과가 있어서 언어도 좀 비슷하지 않을까 싶었는데, 하나도 비슷하지 않아 도리어 신기했다. 독일하고 프랑스하고 괜히 사이가 안 좋은 게 아니구나(?) 싶은 게 심지어 독일어에서는 해가 여성이고 달이 남성이다(애당초 해와 달에 무슨 성이 있을까 싶긴 하지만, 적어도 프랑스어 전공자들에게는 좀 놀라운 일이다)!

독일어는 프랑스어에 비해서 동사가 조금 쉬워 보이기도 하는데, 그것은 관사와 전치사의 위용으로 인한 착시다. '독일어는 들어갈 때 어려워도 나갈 때 쉽다'라는 오래된 잠언(?)은 관사의 업적이다. 머리에 쓰는 관(冠)을 의미하는 관사가 없이는 아무 말도 시작되지 못하는 말이므로, 입장 자체가 어려운 말이다. 그런데 입장하고 나면, 관사가, 전치사가 길을 잃지 않게 해준다. 『주말에 끝내는 독일어 첫걸음』을 보자니 대략 그렇게 짐작된다.

데어 데스 뎀 덴 디 데어 데어 디

20여 년 전 고등학교 운동장, 한 무리의 남학생들이 운동장을 돌고 있었다. 체육복도 아니고 교복 차림으로, 다 같이 중얼중얼 뭔가 주문 같은 걸 외우며 질서 정연하게 운동장을 몇 바퀴나 돌았다. 운동장 한쪽에서 계신 분은 독일어 선생님이었고 학생들이 외우던 주문은 "데어, 데스, 뎀, 덴der, des, dem, den…"으로 시작하는 독일어 정관사였다. 학기 초에 그렇게 운동장을 돌던 남학생들을 볼 때, 독일어는 참 희한한 언어구나 생각했다. 그때까지만 해도 관사라면 'the' 하나를 알았고, 이제 막 제2외국어로 배우기 시작한 프랑스어에서 '르, 라, 레le, la, les' 정도를 깨우친 차였다. 관사가 얼마나 많으면 선생님이 운동장을 돌게 하면서 암기를 시키는 것인가? 프랑스어가 훨씬 낫구나, 안도했다.

그때도 웃겼고, 지금도 이상하게 생각되는 한 가지는, 남녀공학이던 우리 학교에서는 제2외국어로 여자는 프랑스어, 남자는 독일어를 배워야만 했다는 점이다. 즉, 여자가 독일어를 배우거나, 남자가 프랑스어를 배울 수는 없었다. 선택의 여지가 아예 없었는데, 의외로 그런 원칙으로 운영되던 학교가 많았다. 언어를 배우고 가르치는 기준을 성별로 두었다니, 뭔가 까닭이 있겠으나, 딱히 납득할 필요가 없거나 납득하기도 어려운 이유가 아니었을까 싶다. 그러거나 말거나 막 고등학생이 된 나는, 처음 배워보는 프랑스어가 꽤 재미있었고, 관사를 외운다고 운동장 구보를 하는 독일어 수업보다야 프랑스(어)가 짱이지 싶은 마음이었다.

그러다 어찌어찌 불문과에 입학해보니 옆에는 독문과가 있었다. 불문과와 독문과는 제법 라이벌의 기세가 있었다. 가을이면 우리는 불독전이라고 부르고 저쪽에서는 독불전이라고 하는 조촐한 체육대회도 열렸다. 확인할 수는 없지만, 신입생이 들어오면 수능(이전에는 학력고사) 커트라인이 어디가 더 높네 아니네 하는 경미한, 우리끼리만의 신경전 비슷한 것도 있었던 것 같다. 비인기학과끼리 나름대로 애틋하게 존재감을 확인하는 과정이었다.

그러던 대학교 3학년, 연극반에서 독일 작가 잉에보르크 바흐만의 희곡을 원작으로 한 〈맨해튼의 선신(善神)〉이라는 작품을 공연으로 올리기로 했다. 우리 실정에 맞게 각색하고 연출하는 과정에서 꽤나 진통이 많았다. 극 자체가 많이 어려웠다. 통제 안 되는 사랑이 질서와 균형을 파괴한다고 믿는 자칭 선신과 그를 심문하는 재판관, 선신의 수하들인 다람쥐들(!), 비극적 사랑의 주인공들인 유럽 남자 얀과 미국 여자 제니퍼의 길고 긴 문어체 대사들을 여간해선 이해하기가 쉽지 않았다. 질서를 유지하겠다는, 스스로 신이라 생각하는 노인도, 죽기로 다짐했던 연인의 마음도, 갑자기 살 생각이 퍼뜩 들어서 연인을 배반하는 남자도, 다람쥐 암살단도….

도대체 무슨 말인가 싶은 혼란 속에, 이 작품이 독일에서는 무려 라디오 드라마였다는 것을 알게 되었다. 그것도 1950년대에 공전의 히트를 친 대중 드라마였다고 한다. 라디오 드라마라면 모름지기 〈라디오 홍길동전〉 같은 기가 막힌 개그감이라든가 〈격동 30년〉 같은 강력한 극성(劇性)이 있어야 하는 것 아닌가? 이토록 장광설로 이어지는 기나긴 문학적 독백을 어떤 나라에서는 라디오 드라마로 소비한다는 것이 신기했다. 독일 사람들은 이런 게 재미있는 걸까?

그러고 보면 독일 책(번역서)들은 대부분 재미가 없었다. 대학 들어오기 전을 생각해보면, 다들 좋아했던 『데미안』도 재미없었고, 『마의 산』은 읽다가 산에 오르기를 포기했던 전력이 있다. 『토니오 크뢰거』는 얇아서 겨우 읽었다. 『젊은 베르테르의 슬픔』은 역시 책보다 뮤지컬이 더 좋았다. 아무리 양보해도 인상적으로 읽었던 것은 『안네의 일기』 정도였다.

　'독일=재미없음'이라는 인식은 새삼스럽지도 않았지만, 라디오에서 〈맨해튼의 선신〉을 듣고 동네 술집에라도 모여서 "어제 라디오 들었어?" 하면서 드라마 얘기를 나눴을 옛날 독일 사람들을 생각해 보니 이상한 흥미가 돋았다. 진지함을 재미로 소비할 수 있는 성향이랄까, 문화랄까 그런 국가적(?) 특징은 어디서 비롯되는 것일까 궁금했다. 독일 책들은 재미없었지만 그 책들을 재미있게 읽고 있을 독일 사람들에게는 왠지 모를 호감을 느꼈다. 어렵고 복잡하고 깊고 진지한 것들을 외면하지 않는 사람들 같았다.

　세월이 한참 지나서, 독일에서 크게 히트했다던 소설책 『새벽 세 시, 바람이 부나요?』를 읽고 왠지 웃음이 나왔다. 독일은 역시 산문의 나라인가? 남자와 여자가 만나지도 않고 기나긴 메일로 연정을 나누는 것이 꼭 〈맨해튼의 선신〉 속 얀과 제니퍼를 연상시켰다. 말하지 않아도 알아요 같은 건 어울리지 않는 나라인가 보다. 말해도 말해도 못 알아들을까 봐 말하고 또 말하는 사람들이었다. 기승전결 같은 것은 중요하지 않았다. 나는 이렇게 생각해서 저렇게 결론을 내렸어. 너는 어떠니? 나는 그렇게 생각하지 않아서 이렇게 주장해… 이런 얘기만 줄창 하고 있는 어떤 연애와 드라마를 사랑하는 사람들이 나는 궁금해졌다.

재미없는 재미를 아는 사람들의 언어를 본격적으로 좀 알아볼까 싶은 생각이 든 것은 대학을 졸업하고 한참 지나서였다. 학교를 졸업하고 보니 독일어는 프랑스어만큼이나 쓸 일이 없었다. 과연 라이벌들답다. 업무적으로 외국어를 쓸 일이 많지는 않지만, 그래도 긴요하게 쓰이는 말들은 영어와 중국어와 일본어였다. 그 외의 말들은 굳이 알 필요도 알아야 할 이유도 딱히 없었다. 그런데도 독일어는 공부를 하고 싶었다. 쓸모없는 진중함, 효용을 바라보지 않는 진실함 같은 것, 1+1=2처럼 딱 떨어지는 에누리 없는 말들의 매력을 느껴보고 싶었다.

독일어는 학원을 알아보기도 쉽지 않아서, 그냥 책을 사고, 유튜브를 찾아서 발음을 따라 해보는, 말 그대로 독학을 시작했다. 프랑스어와 비교하니 발음은 투박하나 정직했다. 비교적 순조롭게 인사말을 지나고, 날씨와 숫자를 지나갔는데, 생각보다 관사가 너무 빨리 나와서 당황했다. 20여 년 전에 동기 남자 녀석들이 운동장을 돌며 외우던 그 주문들. 정관사가 열여섯 개였고, 부정관사는 열두 개였다. 불어 동사만큼이나 어려운 관문이 여기 있었다. 나도 어디 탄천이라도 돌아야 할까? 운동장을 돌면서 관사를 외웠을 이름 모를 동창들은 지금 독일어를 얼마나 기억하고 있을까? 데어 데스 뎀 덴 디 데어 데어 디 다스 데스 뎀 다스 디 데어 덴 디. 어찌어찌 관사는 외우겠는데, 막상 뒤에 오는 명사가 여성인지 남성인지 중성인지 모르면 어떻게 붙이지? 말을 시작하기 전에 고민이 깊어야 하는 언어였다. 아, 빨리 말하고 싶은데.

안녕히 계세요, 또 만나요, 잘 가요

어쩌다 보니 언젠가부터 슬그머니 미혼에서 비혼으로 무임승차를 하는 느낌이다. 싱글로 살아가면서 간간이 보람을 느끼는 순간이라면 긴 명절에 먼 곳으로 훌쩍 여행을 떠나기 쉽다는 점 하나를 들 수 있을 것 같다. 물론 명절 피란을 간다며 이국의 낯선 하늘 아래서 혼밥을 하는 것이 늘 유쾌하기만 하진 않지만. 유럽 음식점은 또 왜 그리 양은 많은지. 〈강식당〉의 강호동 돈까스 같은 사이즈의 슈니첼을 오스트리아 빈에서 홀로 시켜 먹다가 반도 못 먹어서 분했던 기억이 새삼스럽다. 인천공항을 출발할 때의 홀가분함은 이내 자주 심심함과 쓸쓸함으로 돌변하곤 했다. 그런 점에서 몇 년 전 추석, 독일로 여행을 떠날 때는 마음이 가벼웠다. 뮌헨에 계신 고모를 만날 수 있었으니까.

독일로 여행을 간다고 하면, 바로 뒤이어서 독일만 가는 거냐는 질문이 따라온다. 그 말은 사실 '독일에는 뭐가 있느냐?' 즉 '독일을 왜 가느냐?'라는 의문과 상통한다. 〈비정상회담〉의 독일 출연자들이 여행 얘기만 나오면 어딘가 안쓰러웠는데, 아무래도 프랑스나 스페인이나 이탈리아 같은 관광 대국과는 경쟁에서 조금 밀리는 나라이긴 하다. 나 역시 프랑스나 스페인, 이탈리아를 어지간히 다녀본 뒤라 독일을 가게 됐다고 할 수 있다. 거길 왜 가느냐는 얘기에 그냥, 고모가 독일에 계신다고 하면 대체로 수긍하는 눈치였다. 하지만 솔직히 말하면, 고모가 계셔서 독일을 가는 게 아니라, 독일을 가려고 했는데 마침 고모가 거기 계셨다고 하는 편이 맞다. 고모가 독일로 떠나시기 전에도 자주 뵙지 못했고, 가족이고 친구고 누구에게나 용건이 없으면 특별히 연락하지 않는 무뚝뚝한 성격에 갑자기 여행 간다고 연락을 드리는 게 괜찮을까 싶은 마음이 들기도 했다. 도대체 몇 년 만에 뵙게 되는 건지 가물가물했다. 심지어 고모와 단둘이 만난 적은 한 번도 없었다. 고모에게도 나에게도 긴장된 만남이 아닐 수 없었다.

베를린을 거쳐서 뮌헨 중앙역에 도착했다. 동독에서 서독으로 이동하는 듯한 감상에 젖으면서도 곧 뵙게 될 고모 생각에 어쩐지 두근두근했다. 설마 고모가 나를 못 알아보시진 않겠지, 약간의 두려움을 안고 플랫폼을 나서자마자 내 이름이 들려왔다. 그저 소음뿐이기만 한 독일어 사이에서, 또렷이 귀에 박히는 내 이름. 고모가 거기서 손을 흔들고 계셨다. 뮌헨 중앙역 그 많은 사람들 사이에서, 짙은 회색의 수녀복을 입고 서 계신, 글라라 고모가 바로 눈에 들어왔다. 뭐라고 해야 할까, 만나기 전에 가졌던 막연한 어색함, 서먹함 같은 것이 온전한 반가움으로 전환되는 느낌이었다. 혼자 하던 여행의 끝이어선가, 명절에 만난 친척이 이렇게 반가울 수도 있다는 것이 놀라웠다. 그나저나 고모는 어째서 정말 하나도 늙지 않으신 걸까? 고모도 물론 나에게도 똑같다, 스무 살 같다고 하셨지만, 고모 저 스무 살 때는 괜찮았어요, 짐짓 울상을 지어 보였다. 나는 진심이었는데, 고모는 손사래를 치셨다. 지금도 예쁘다고, 괜찮다고. 만나자마자 뭉클했다.

안부 인사를 나누자마자 중앙역 근처 숙소까지 동행하셨던 고모는 방 안을 잠깐 살펴보시더니, 괜찮으면 수녀원에서 있어도 된다고 하셨다. 역전의 호텔이 너무 좁고 허름해서 고모가 보시기에 조카가 짠했던 것이다. 수녀원 숙박 같은 건 생각해본 적도 없고 어쩐지 폐를 끼치는 것 같아서 미리 여쭙지 않았는데, 먼저 말씀해주시니 죄송하고 감사했다. 고모는 내가 돈 아낀다고 그런 숙소를 잡았나 하셨던 것 같은데, 웬걸 숙박비가 딱히 저렴하지도 않은 호텔이었다! 억울한 느낌이 없지는 않았지만, 아무튼 뮌헨 호텔의 바가지성 다분한 누추함(?) 덕분에 생각도 못했던 수녀원의 순례자가 되었다.

   님펜부르크 성 근처의 작은 수녀원에서 환갑의
고모는 유일한 동양인이었고, 거기 계신 분들 중에서
두 번째로 젊었다. 말하자면 수녀원의 청춘과 아시아
를 담당하고 계신 거였다. 고모가 내주신 게스트룸은
TV와 와이파이만 없었지 깨끗하고 심지어 널찍하여
호화로운 기분마저 들게 했다. 고모가 왜 역전의 호
텔을 못마땅해하셨는지 알 것 같았다.

   투숙료는 없지만 투숙객의 유일한 의무가 하나
있었는데, 다음 날 아침 미사를 참례하는 것이었다.
해도 뜨기 전의 아침 미사는 경험해본 적도 없는데
하물며 독일어 미사라니, 벌써 경건해지는 느낌이었
다. 늦지 않으려고 알람을 6시 반에 맞춰놓고 잠이 들
었는데 눈을 떠보니 사방이 깜깜한 밤이었다. 청빈과
절제가 공기처럼 스며 있는 수녀원에서는 빛이 있을
때 밝고 없을 때는 어두웠다. 방문을 열고 나갔는데
복도가 깜깜해서 어디로 가야 할지 알 수 없을 지경이
었다. 어둠 속에서 두리번거리는데 고모 목소리가 들
렸다. "잘 잤니? 성당은 이쪽이야." 타박타박 고모를
따라 들어간 성당도 어둠에 잠겨 있었다.

   제단의 촛불만이 형형하게 빛을 밝히는 시간,

독일어로 미사가 시작되었다. 전 세계 어디에서나, 바티칸 베드로 성당에서나 우리 동네 마태오 성당에서나 미사의 기본적인 형식은 어디나 똑같기 때문에, 독일어를 하나도 못 알아들어도 지금이 미사의 어느 지점을 통과하는지, 언제 일어나고 언제 앉아야 하는지는 쉽게 알 수 있었다.

미사 중에 슬며시 나 혼자 웃었던 장면. 미사 중간중간 성가를 부르는 순간이 있는데, 이때 성가집의 몇 번 곡을 불러야 하는지 알려주는, 전방에 걸린 작은 숫자 전광판 때문이었다. 우리나라에서도 흔한 장치라서 새삼스러울 것이 없었는데, 성가집 몇 번을 가리키는 숫자 앞에 또 다른 숫자가 세로축으로 1, 2, 3, 4까지 표시되어 있는 것이 달랐다. 저 작은 숫자는 무엇을 말하는 것일까? 잠깐 궁금했는데, 미사가 진행되는 동안 자연히 해결되었다. 앞에 있는 숫자는 노래의 '절'을 의미하는 것이었다. 즉, 이 노래를 부를 때는 1절까지만, 혹은 2절, 3절까지만 불러라, 라는 표시였던 것이다. 내가 다녀본 성당에서는 성가를 몇 절까지 부르느냐는 통상 반주자에 달렸던 것 같다. 반주자의 연주가 2절까지 넘어가면 2절도 불러야 하고, 4절까지 연주하면 4절까지 부르는 식이었다.

그런데 독일 성당에 오니 반주자도 노래 부르는 사람도 성가를 시작하기 전에 언제 끝내야 할지 분명히 알고 시작하는 것이었다! 어쩌면 이렇게 사소하지만 정확한 가이드(?)야말로 독일어 관사를 닮은 게 아닐까, 후일 독일어를 독학하며 생각했다. 출발하기 전에 어디까지 가는지 알고 출발하라는, 길을 잃지 말라는 오차 없는 친절함 같은 것이 독일어의 매력이 아닐까, 하는 추측과 함께.

아무튼 냉담 중인 신자여서 성체를 받아 모실 수는 없었지만, 이 미사 참례의 시간은 참으로 소중했다. 미사가 시작될 때만 해도 어두웠던 성당이 점점 밝아져 미사가 끝날 때쯤엔 구석구석 빛이 미치지 않은 곳이 없었다. 아마도 저녁 미사 시간에는 다시 촛불만이 빛을 쏟아내는 어둠 속으로 들어가리라 생각하니, 마음이 불현듯 충일해졌다. 오늘의 복음도, 신부님의 말씀도 그야말로 단 한 줄도 이해할 수 없었으나, 나는 불쑥 여행의 혹은 생의 고단함과 쓸쓸함을 위로받은 느낌마저 들었다.

이어진 아침 식사 시간, 고모는 수녀님들에게 나를 소개해주셨다. 영어를 한마디도 못하시는 고령의 수녀님들이 많아서, 전날 밤에 '안녕하세요, 반

갑습니다. 저는 유리안나입니다'를 독일어로 열심히 외워두고는 아침에 수녀님들께 수줍게나마 연신 인사를 드렸다. "구텐 탁, 프로이트 미히, 이히 빈 율리아나." (내 세례명을 독일어로 하면 대충 이렇게 발음되었던 것 같다.) 수녀님들은 모두 내가 독일어를 잘한다고(!) 칭찬해주셨다. 영어의 'good'하고 비슷한 독일어 'gut'를 들었고, 수녀님들이 웃고 계셨으니까, 칭찬이라고 짐작했다. 고모도 그렇게 통역해주셨다. 고모는 뮌헨에 5년을 넘게 있어도 독일어가 입밖으로 잘 안 나온다고 허탈하게 웃으셨다. 독일 수녀님들은 당신들도 독일 사람이지만 독일어는 참 어렵다고도 하셨다. 수녀님들의 칭찬에 힘입어 한국에 돌아가면 독일어 공부를 해야지 다짐해보았다. 독일에 오기 전에 했다면 더 좋았겠지만.

소박하고 정갈한 아침 식사를 마치고, 나는 다시 짐을 챙겨서 나왔다. 아무래도 맥주의 도시에 왔는데, 늦은 시간에 술 냄새라도 풍기며 수녀원에 불쑥 들어오기가 죄송스럽고, 무엇보다 저녁 7시만 넘어도 방문 열쇠 구멍조차 보이지 않는 깜깜한 숙소에 조용히 들어올 자신이 없었다. 고모는 혹시 하루 정도 휴가를 낼 수 있을지 알아보신다고 했다. 오후 무렵 다시 만날 약속을 하고, 수녀님들과 신부님에게 작별 인사를 했다. 전날 밤 마지막으로 외웠던 독일어 '아우프 비더제엔'을 수줍게 소리 내어 말했다. 다시 한 번 독일어 잘한다는 칭찬을 받으며, 수녀원을 떠나왔다. 안녕히 계세요, 또 만나요, 잘 가요, 그런 뜻을 가진 작별 인사. 다시 만나지 못할 것을 우리 모두 알았지만, 그 순간만큼은 꼭 다시 만났으면 하는 진심으로, 인사를 나누었다. 깜깜했던 성당이 금세 빛으로 환하게 물들어가듯, 마음이 부자가 된 듯한 기분으로 길을 나섰다. 나는 처음처럼 혼자였지만, 그전의 혼자와는 조금 다른 혼자가 되었다.

어제의 세계

2013년과 2015년 추석은 독일과 오스트리아 등지를 다녔다. 독일 여행을 다녀온 뒤 독일 수녀님들의 격려를 떠올리며 『주말에 끝내는 독일어 첫걸음』 같은 허무맹랑에 가까운 책을 사서 아마도 생전에는 쓸 일이 도저히 없을 것 같은 문장들, 예컨대 'Wo wohnen Sie?(당신은 어디에 삽니까?)', 'Hast du heute Zeit?(오늘 시간 있어?)'를 의미 없이 읽고, 쓰고, 외우고 다녔다. 나아가 예전에 참 정 붙이기 어려웠던 독문학 책들을 다시 좀 읽어볼까 싶어서 뒤적거리던 차에 스테판 츠바이크의 『어제의 세계』가 눈에 들어왔다.

이름이 익다 싶었더니 츠바이크는 오래전에 정말 흥미롭게 읽었던 『발자크 평전』을 썼던 사람이다. 하지만 『발자크 평전』을 읽고는 웬만한 소설 주인공보다도 신기한 캐릭터였던 오노레 드 발자크만 기억에 남았지, 작가였던 츠바이크의 다른 작품을 찾아볼 생각은 못했다. 『발자크 평전』도 참 두꺼웠는데 『어제의 세계』도 못지않게 두툼한 책이었다. 잠이 안 오는 날 읽다 잠들자는 심산으로 읽기 시작한 그 책이, 비행 티켓을 끊게 했다.

이 책의 장르를 무엇이라 말해야 할까? 유서로 시작하는, 아니 알고 보면 550페이지 전체가 유서인

책, 끝을 알고 보기 시작하는 비극의 역사를, 언제까지고 '오늘'이고 '내일'이었던 유럽이 '어제'로 퇴장하는 쓸쓸한 목격담을. 참고로 을유문화사에서 나온 『독일문학사』(1989)에는 책과 저자에 대해 이렇게 기술되어 있다.

츠바이크는 그 정신적인 시야의 넓음과 예술적 체험 능력에 있어서 유럽 사람이었지만, 동시에 멸망해가는 시민 문화의 아들이었으며, 이 문화의 붕괴가 그의 인생의 비극성을 나타낸 것이었다. 그의 회상록 『어제의 세계』(1942)는 자유로운 정신적 인간성이 두 세계 대전에 의하여 짓밟혀가고 있는 시대를 말해주고 있다.

한마디로 츠바이크는 한 시대와 역사의 극단적인 흥망성쇠를 겪은 사람이었다. 『어제의 세계』는 2차 대전 중에 끝을 맺는다. 츠바이크는 그 전쟁으로 1차 대전으로 이미 커다란 내상을 입은, 자신이 태어난 도시와 나라, 그리고 유럽이, 유태계라는 자신의 뿌리가 끝끝내 파괴될 것임을 예견하고, 아무것도 할 수 없음에 절망한다. 『어제의 세계』가 끝나는 지점에 이르러, 전쟁이 한창이던 1942년, 츠바이크는 스스로 생을 마감했다. 누군가의 짐작하기 어려운 진폭의 절망이 여행의 동기가 될 수 있을까. 생각해보면 좀 이상한 일이긴 하지만 나는 정체 모를 복합적인 감정을 안고 빈으로 향했다.

빈은 한마디로, 밸런스가 정말 좋은 도시였다. 정리정돈이 유난히 잘되어 있고, 쾌적했다. 편의적으로 말하자면 선진국의 느낌이라고 할까? 빈은 파리나 로마와 다르고, 뮌헨과 베를린과도 달랐다. 관광과 생활이, 교회와 쇼핑이, 쉰부른 궁전과 제체시온이 서로 사이좋게 공존하고 있었다. 한 세기가 그냥 동시에 어우러지는 느낌은 신선했다. 빈에서는 쉰부른 궁전에서 엘리자베트가 프란츠 황제의 격렬한 구애를 받고 황후가 되어 유럽 사교계의 아이콘으로 각광받던 바로 그 시기에, 이전까지의 시대와 결별하고 분리하자는 분리파 운동이 일어났다. 제체시온의 입구에 큼지막하게 적혀 있는, 어쩐지 외워야 할 것 같은 분리파의 모토는 이렇다. "Der Zeit ihre Kunst, der Kunst ihre Freiheit!(시대에는 그 시대의 예술을, 예술에는 그 예술의 자유를!)" 절대로 무너지지 않을 것 같았던 오스트리아와 유럽의 자존심인 합스부르크 왕조가 저물어갈 때, '새 술은 새 부대에' 같은 느낌으로 이전 세대와의 작별을 고한 젊은 움직임이 동시에 있었다는 것이, 생각해보면 신기한 일이지 않은가?

당대를 살아가던 보통 사람들이 막상 합스부르크의 황혼기를 실감하기는 어려웠을 것이다. 여전히 유럽이 세계의 중심이고, 그 중심에 빈이 있고, 세계의 교양과 예술과 지성의 모든 유행을 선도한다는 자존심이 얼마나 각별했을 것인가. 그 왕조가 영원히 지속되지 못할 거라고 생각하기란 쉬운 일이 아니다. 그 영광의 시절 자체와 결별해야 예술이, 정신이 앞으로 나아간다고 생각해낸 어떤 정신적, 예술적 공감대라는 것이, 그야말로 영롱한 시대정신이 그렇게 극적으로 형성된다는 것이 어쩐지 뭉클했다. 사실 더 놀라운 것은 그렇게 격동하여 피어오르던 뜨거운 가능성들이 그로부터 불과 20년도 안 되어서 깡그리 무너진다는 점이다. 우리 모두가 알고 있는 유럽의 역사, 1차 세계 대전의 발발은 곧 합스부르크, 그리고 빈의 몰락이었다.

츠바이크는 엘리자베트 황후가 암살되기 직전, 빈 분리파 운동이 시작된 1898년 무렵에 열여덟 살이었고, 1차 세계대전 즈음에 서른 살이 되었다. 합스부르크 군주국에서 태어난 유럽 최고의 장서가이자 최후의 '교양인'으로서, 제국의 수도였던 빈이 독일의 지방 도시의 하나로 전락해가는 과정을 고스란히 지켜봤을 뿐만 아니라, 여권이 무효가 되고 저서가 금서가 되는 치욕의 시간을 겪어가며, 히틀러의 시대에 유태인으로서 공포와 좌절 속에 살았다. 이십대의, 혹은 삼십대와 사십대의 츠바이크의 정신을 지배한 것은 무엇이었을까.

자아와 인격을 형성하게 만든, 절대로 자신과 분리하기 어려운 대상의 몰락을 지켜볼 수밖에 없는 운명은 가혹하고 처연하다. 스스로 택한 그의 마지막 선택이 그 운명을 끊을 수 있는 권리였음을 어렴풋이 짐작한다. 츠바이크는, 그래서 감히 이런 말을 할 자격이 있는 사람이다. "새벽과 황혼, 전쟁과 평화, 상승과 몰락을 경험한 자만이, 그러한 인간만이 진정으로 살았다고 말할 수 있을 것이다." 빈은 그렇게, 끓어오르던 그 모순의 19세기 말, 촛불이 꺼지기 직전의 광휘처럼 타오르던 시기를 재현한다.

빈에게 19세기가 있다면, 20세기는 여러모로 베를린의 몫이다. 베를린은 벗어날 수 없는 죄책감의 도시이며, 씻지 못할 과오를 기억하는 거대한 기넘물이다. 압도적 위용의 브란덴부르크 게이트 바로 옆, 한 나라, 한 도시의 가장 중심부에, 우리로 치자면 광화문이나 명동 같은 곳에 거대한 무덤과도 같은 홀로코스트 메모리얼을 조성하고, 나라의 이름으로 학살한 한 사람, 한 사람의 이름과 가족과 역사를 섬세하게 새겨놓았다. 이 공간의 이름은 독일어로 'Denkmal für die ermordeten Juden Europas(살해당한 유럽의 유대인들을 위한 기념비)'이다. 굳이 콕 찍어서 '살해당한'이라고 쓰는 것은, 이 나라에서 나고 자란 이상, 아무도 이 역사에서 자유로울 수 없음을 수긍하고 평생 속죄하겠다는 강력한 다짐이다.

그런가 하면 베를린을 동과 서로 나누고, 갑자기 뜬금없는 장벽을 두어 오가던 왕래를 막고, 늘 가던 슈퍼도 못 가게 하고, 학교도 못 다니게 하고, 친구와 이웃을 다시는 못 만나게 하고, 장벽을 넘겠다는 사람들에게 총질을 해대던 냉전 시절을 정공법으로 기억하는 '체크포인트 찰리(Checkpoint Charlie)' 뮤지엄도 있다. 이 박물관에는 심지어 영어로 된 설명도 많지 않다. 그저 독일어가 빼곡하게 쓰여 있다. 독일 사람들에게 알리고 싶은 역사라는 뜻이겠다. 혹시나 독일 사람들이 이 불행한 역사를 모르게 될까 봐 큰 염려를 하는 것 같다. 우리가 이렇게 허무맹랑하게 어리석고 나쁜 짓을 해왔다고, 밝은 빛의 햇살 아래에서도, 태연히 고백한다. 다시는 이렇게 되지 않겠다고 다짐하고 약속한다. 지금 베를린은 새벽 서너 시에 가장 뜨겁게 타오르는 유럽 최고의 클럽 도시이기도 하지만, 참혹한 '어제의 세계'를 고스란히 간직하고 앞으로 나아간다.

주마간산의 짧은 여행들을 마치고, 언젠가 있을지 모를 재방문을 꿈꾸며 'Der Mann gibt dem Kind den Ball' 같은 기초 독일어 문장을 이따금 들여다본다. '남자(Mann)', '아이(Kind)', '공(Ball)' 같은 명사들은 알겠는데, 'Der', 'dem', 'den' 같은 정관사가 자꾸만 거슬린다. 운동장을 돌면서 데어 데스 뎀 덴을 외우면 뭐하나, 명사가 나올 때마다 열여섯 개 중에 뭘 넣어야 할지 고민해야 하는걸, 하는 자괴감에 빠지다가도, 얼마나 정확한 언어인가, 얼마나 친절한(!) 언어인가 경탄한다. '남자가 아이에게 공을 준다'로 번역되는 문장에서, 역으로 '남자', '아이', '공'을 몰라도, '주어가 간접목적어에게 직접목적어를 ~한다'라는 구조를, 저 거슬리는 정관사가 규정해준다. 직접목적어와 간접목적어도 관사로 구분을 두었다. 영어처럼 'the' 하나로 통일하면 편리하긴 한데, 해석의 복잡성은 계속 증가할 수밖에 없다. 문장 속의 명사의 정체를, 온전히 맥락만으로 파악해내야 하는 언어는 당연히 모호함의 여지를 남겨놓는다. 그러니 많은 예외를 둘 수밖에 없다. 독일어는 예외가 많지 않다고 한다. 대신 규칙이 너무 많다고 알려져 있다. 무리해서라도 많은 규칙 속에, 가능한 한 모호함을 남겨두지 않으려고 애를 쓰는 언어다. 단어들, 문장들 속에서 결코 길을 잃지 않겠다는 결기가, 언어에서도 전해지는 것 같다.

나는 강박적으로 모호함을 싫어하는, 융통성 없는 이 언어를, '어제의 세계'를 기억하는 말들을, 좀 더 알고 싶어졌다. 츠바이크의 작별 인사를 언젠가 독일어 원문으로 읽어보고 싶은 소박하지만 영 허황된 바람도 생겼다. 무엇보다 독일어를 공부할 때는 이 언어가 나에게 실질적인 효용을 가져다주지 않는다는 것이 분명해서인지, 교양이 올라가는(?) 느낌마저 든다. 대단한 대가가 되는 일 같은 건 애초에 기대할 수 없는 일, 열심히 해도 잘하기는 쉽지 않은 일, 무엇보다 꼭 내가 하지 않아도 되는 일에 매달리고 싶어지는 그런 때가 있다. 요약하면 그것이 바로 '쓸데없는 일'의 필요충분조건이기도 하다.

야근과 야근 혹은 야근과 회식이 번갈아가며 이어지는 날, 불 꺼진 방으로 늦게 퇴근하게 되는 그런 날이면 이따금 의미 없이 독일어 숫자 1에서 10까지, "아인즈, 츠바이, 드라이…"를 한번 읊어보고 잠이 든다. 아무래도 이번 생에 독일어를 잘하게 될 것 같지는 않지만, 이런 뜬금없는 질척거림, 모르는 말에 대한 쓸데없는 동경이 때때로 한국어로 가득 찬 지루한 일상의 마라톤을 버티게 해주기도 한다.

¡Bienvenido!

대학교 다닐 때 초급 스페인어를 한 학기 들었다. 스페인어 발음은 확실히 프랑스어보다는 덜 어려운 것 같은데, 말의 속도는 더 빠른 것 같다. 심지어 스페인으로 여행을 가보니, 스페인 사람들은 말도 더 많은 것 같았다. 그래도 프랑스어와 비슷한 단어가 가끔 있어서, 아주 대충 뜻을 짐작할 수 있을 때도 있었다.

쿠바 사람 글로리아 에스테판의 노래를 뜻도 모르면서 가끔 따라 부르기도 한다. '마음'이라는 뜻을 가진 스페인어 'corazon'은 영어의 'heart'나 프랑스어의 'cœur'보다 어쩐지 더 마음에 근접한 느낌이다. 스페인 여행 중에 버스 정류장에서 'esperar' 동사를 자주 보았다. 프랑스어라면 '기대하다', '생각하다' 같은 뜻이 먼저 떠오르니, 여기서 버스를 기대하라는 것일까, 추측해보기도 했지만, 스페인에서는 '기다리다'라는 뜻이 좀 더 우선된다고 한다. 어쩐지 기다리면 좋은 일이 생길까 기대하게 되는 건가 싶어서 기다림에 지치면서도 낭만을 느꼈다. 게다가 '나는', '너는' 같은 주어를 굳이 표기하지 않아도 되는 스페인어적 화끈함도 마음에 들었다. 아직까지도 그 유명한『백년 동안의 고독』을 읽지 못한 것은 괜히 혼자만 품고 있는 비밀이다.

'바르셀로나의 모험' 같은 제목을 걸고

로메로 신부님은 초급 스페인어 선생님이었다. 수강 신청을 할 때 누군가 그 수업이 'A 폭격의 전통이 면면하게 흐른다더라'는 정보를 입수해서, 같은 학번 동기들이 우르르 몰려들었다. 그 수업에서 A를 많이 받는다는 이유가 특이했는데, 신부님이 한국어를 잘 못하신다는 것이, 그 주된 사유였다. 로메로 신부님의 초급 스페인어는 중간고사는 간단하게 배운 곳까지 시험을 보고 기말고사는 스페인어 연극을 하는데, 점수가 크게 좌우되는 것은 연극의 퀄리티에 달렸다는 것이다. 무슨 말인지 어리둥절해하는 우리들 앞에서 정보통 선배가 일러준 내막은 대강 이랬다.

조별로 연극을 발표하고, 연극이 끝나면 연극 내용에 대해서 Q&A를 하는데, 이 수준이 사실 크게 어렵지 않으며, 설사 대답을 잘 못한다고 해도 학점에 대해서 질문이 있다고 찾아가면, 신부님은 스페인어로(!) 한참 설명을 하시다가, 학생들이 못 알아듣는 세상 답답한 얼굴을 하고 앉아 있으면, 서툰 한국어로 이내 체념을 하신다는 것이었다. 이게 무슨 이상한 전개인가 싶었지만, 이전까지 들어본 적이 거의 없는 말을 새로 배운다는 것도 자못 신나는 일이기에, 성큼성큼 수업을 들으러 갔다.

첫 수업부터, A 폭격의 전통이 하필 이번 학기에 끝나는가, 혹은 다 A를 받아도 나는 안 되겠구나, 이미 눈치챘다. 일단 수업을 갔더니 스페인, 멕시코, 칠레에서 살다 온 사람들이 있었고, 아니면 최소 외고에서 스페인어 정도는 배웠던 친구들이 앉아 있었다. 아니 그런데 왜 초급 스페인어를 듣나요, 묻고 싶었으나, 실은 그저 A를 받고 싶었을 마음은 대동소이할 테니 차마 묻지 못했다. 그러나 이 스페인어 원어민들보다도 예상 못했던 변수는, 신부님의 한국어 실력이었다. 신부님은 물론 대부분의 수업 시간을 스페인어로 할애하셨지만, 종종 '난 누구 여긴 어디' 같은 표정을 짓고 있는 우리 동기들을 볼 때는 한국어로 농담도 걸어주셨다. 그간 노력을 많이 하신 것이었다. 아, 작년에 들었어야 했는데.

쏜살같이 한 학기가 지나고 유명한 연극 발표의 시간이 다가왔다. 진작에 전멸의 느낌이 났지만 그래도 같은 과 동기끼리 한 조가 되기로 하고, 와중에 출석을 제일 열심히 했던 내가 연극의 대본을 맡았다. 대본에 혼신을 쏟고 싶었지만 한 학기 동안 배운 스페인어는 인사와 자기 소개가 있고, 날씨가 있고, 몇 가지 형용사가 있었으며, 쭉 가서 왼쪽으로 돌면 우체국이라든지 성가족 성당 등이 있다는 것을 알려주는 정도가 다였기 때문에, 극적인 드라마를 창작해내기는 불가능했다.

어쨌든 배운 단어를 모두 다 한 번은 써보자는 심산으로, 한국인 학생이 마드리드에 놀러 가서 카를로스를 만나 인사를 나누고 밥도 먹고 왕궁도 가고 프라도 미술관도 가는 줄거리의 역작을 썼다. 그래서 제목은 '마드리드 여행'이었던가 그랬다. 우리 조를 제외하고는 다른 모든 조에 스페인어 원어민이 포함되어 있으니, 여러 가지가 쉽지 않을 것 같다는 생각을 했는데, 그래도 그렇지, 우리 앞에서 발표한 다른 조의 연극 제목은 '백설공주', '성냥팔이 소녀'였다. 제목이 그랬다는 것은 공연을 보고 짐작한 것이었다. 사과를 먹고 쓰러졌고, 추워하면서 성냥을 팔기에, 제목을 그렇게 추측한 것뿐이었다. 많은 상념들이 머리를 스쳤다. 아무리 스페인어 원어민이어도 그렇지, 해당 수업 시간에 배우지 않은 말들을 대본에 쓴 것은 약간 반칙이 아닌지, 우리는 수업 시간에 동사의 과거형도 배우지 않았는데, 게다가 다들 무슨 대화를 저토록 길게 나누고 있는 것인지….

그러거나 말거나, 신부님은 모든 공연에 대단히

흡족해하셨다. 10분 남짓한 공연이 끝나면 다들 일렬로 서서 신부님의 질문에 한 명씩 답을 했다. 신부님은 만약에 스페인어로 모르겠으면 한국말로 답해도 된다고 하셨지만, 다른 조에서는 아무도 한국말로 답하지 않았다.

대망의 우리 조는 정말 극단적으로 짧은 대화만으로 구성된 '배운 것에 충실한' 공연을 했다. 그렇게 간단한 대본도 외우지 않고 들어온 동기 녀석들 때문에 조금 애가 타기도 했지만. 마침내 공연이 끝나고, 신부님의 질문 시간. 돌아가면서 질문에 답할 때, 다들 나름대로 짧은 스페인어로라도 답변을 해보고자 노력했다. 마지막 질문은 "미술관에는 어떻게 갔나요?"였다. 대본에 등장한 교통수단이라고는 지하철 하나뿐이었기 때문에, 나는 살짝 고개를 숙이고 복화술을 하듯이 "지하철, 메트로"라고 속삭였다. 옆에 옆에 선, 그 질문을 받은 동기에게 정답이 전해지길 기다리던 찰나, "천천히 갔습니다!"라는 우렁찬 한국어가 들려왔다. 강의실에서는 웃음이 터져나왔고, 특히 신부님이 많이 웃으셨다. "지하철 타고 천천히 갔네요"라고도 하셨던 것 같다.

그래서 결론은? B가 나왔다. 학점이 마음에 안 들면 신부님 찾아가서 논쟁을 하라는 얘기도 들었지만, 원래 학점이 안 나왔다고 교수님을 찾아가는 성격도 아니었거니와 B면 잘 받았지 싶었다. 무엇보다 이제 신부님이 한국말을 잘하셔서 A 폭격의 전설은 끝이 난 듯했다. 다음 학기에도 이어서 스페인어를 들어보고 싶기도 했지만, 계속해서 스페인어 백설공주 팀들과 경쟁할 자신은 없었다.

그래도, 스페인어는 재미있었다. 언어에서 전해지는 무작정 밝은 양지의 느낌, 그 특유의 명랑한 템포도 좋았다. 물음표도 느낌표도 괄호 열고 괄호 닫는 느낌으로, 심지어 거꾸로 세워둔 표시도 장난스러워서 재밌었다.

2001년, 꼭 내가 쓴 대본과 같은 느낌으로 마드리드 대신 바르셀로나로 여행을 갔을 때였다. 버스를 탔는데 미리 사두었던 버스표를 기계가 인식하지 못했다. 엄청 난감한 표정으로 지갑에서 동전을 뒤적뒤적하고 있는데, 순식간에 너도나도 버스 요금을 내주겠다고 나서는 것이 아닌가! 일생을 통틀어 그라시아스(Gracias)를 그렇게 여러 번 말한 기억은 없다. 내가 알아듣거나 말거나, 걱정하지 말라는 표정으로 계속해서 스페인어로 위로를 해주었던 친절한 사람들. 구글맵도 없던 시절이라 지도를 펴서 지나가는 사람들을 붙잡고 카사 밀라는 어떻게 가느냐고 'Where' 와 'donde'를 함께 써가며 물어봤다. 여행 내내 'Donde esta~(where is~)'와 'Gracias'만 쓰고 다녔는데도, 잘 못 알아듣는 것 같으면 심지어 데려다주기도 했던 사람들 덕분에 여행은 늘 즐거웠다. 여행을 다녀오니 더 좋은 대본을 쓸 수 있을 것 같은 기분이 들었지만, 다시 그런 일은 일어나지 않았다.

다시 쓰게 된다면, 스페인어를 진짜 잘하게 된다면, 바르셀로나 해변가에서 라우라(Laura)라는 이름의 커다란 개가 내게 돌진하여 나를 쓰러뜨리고 반갑다고(!) 내 위에서 나를 바라보던 극적인 액션의 순간도 가미해서, 백설공주와 성냥팔이 소녀 팀과 다시 겨뤄보고 싶기도 하다. 버스 안에서, 길에서 친절했던 스페인 사람들도 잔뜩 출연시키는, 대작의 느낌으로. '바르셀로나의 모험' 같은 제목을 걸고.

내 사랑, 내 마음, 너의 눈

2018년의 첫 영화는 〈코코〉였다. 포스터에서 얼핏 강아지를 본 것 같아서, 동물과 교감을 나누는 내용인가 짐작하고 갔다가 아주 그냥 엉엉 울다가 나왔다. 디즈니 애니메이션의 감동을 '강약중강약'으로 구분한다면, 단연 '강'에 속하는 작품이었다. 이 계열로 말하자면 〈업〉이나 〈토이 스토리 3〉 정도가 있다. 그러니까, 어떤 생애 주기를 다루는 작품에 내가 좀 약한 편인 것 같기도 한데, 〈코코〉는 생애 주기 정도가 아니라 삶이 끝난 자리에서도 이어지는 인연, '사람은 죽어서 어디로 가는가?'라는 생의 비밀에 대한 해답까지 제시해주는 놀라운 작품이었다.

이 영화 덕분에 멕시코가 마약과 살인과 부패로만 유명한 것이 아니라, 음악과 사랑과 금잔화 또한 가득하다는 것도 알게 되었다. 그렇게 해서 별점을 준다면 네 개 반 정도를 주고 싶다. 별 다섯 개가 되지 못한, 아마도 유일한 이유는 멕시코 영화이면서도 영어로 말하고 영어로 노래를 해서, 그게 못내 아쉬워서라고 하겠다. 부분적으로 스페인어가 나오긴 했지만, 영화에서 가장 중요한 노래이자 주제인, 〈기억해줘〉라는 노래를 〈Remember me〉라고 부르는 것은, 정말이지 섭섭할 지경이었다. 이 노래를 영어로 들으면 그저 감미롭기만 하지만, 스페인어로 들으면,

애잔하다고 해야 할까? '웃고 있어도 눈물이 나는' 그 정서가 그대로 전달되기 때문이다. 스페인어를 몰라도 그렇다. 제발 한 번만 들어보시면 안다고, 물건이 나쁘면 권하지 않는다는 심정으로 널리 알려주고 싶은 마음이다. 특히 적어도 영화의 가장 중요한 장면이자, 아마도 근래 나온 영화 중에서도 손꼽힐 만한 장면인, 미겔이 코코 앞에서 노래를 부를 때는 스페인어로 노래하게 했어야 하지 않았나 싶은 것이다. 정말이다. 스페인어를 몰라도, 제목만 봐도 그런 느낌이 온다. '레쿠에르다메Recuérda Me' 쪽이 '리멤버 미'보다는 뭔가 더, 절실하지 않은가? 스페인어권에서야 당연히 스페인어 더빙으로 상영이 되었겠지만, 월드 와이드 역시도 그냥 스페인어로 배포되었으면 훨씬 더 좋았을 것이라고 확신한다. 하기야, 영화 속에선 랭보도 영어를 했고(〈토탈 이클립스〉), 베토벤도 영어를 했는데(〈불멸의 연인〉), 멕시코의 작은 도시의 어린 소년이 스페인어를 쓰지 않는 것을 이해하지 못하겠다는 것은 아니다.

〈코코〉는 모계사회의 전통이 강하게 자리잡고 있는 멕시코적 특성이 두드러지는데, 강한 어머니에 대한 애정과 두려움을 동시에 품은 양가적 감정이 오래전에 보았던 페드로 알모도바르 감독의 〈내 어머니의 모든 것〉을 떠올리게 한다. 아들을 잃은 어머니, 여장 남자, 임신한 수녀가 등장하는 이 영화는 마치, 어서 와 스페인 영화는 처음이지, 하는 느낌으로 스페인 영화, 그리고 알모도바르 감독을 인상적으로 각인시켰다. 희망은 어이없이 사라지고, 불행은 예고 없이 찾아오며 한 슬픔이 지나면 다른 슬픔이 빈 자리를 메우는 처절한 운명 속에서, 끝내 증오를 버리고 사랑과 관용을 택하는 어머니의 초상은 진심으로 아름답고 강력했다. 살아야 할 이유가 하나도 남지 않은 순간에도 살아가는 이유는 오직 사랑뿐이라는, 판에 박힌 태곳적 주제가 익숙한 노래처럼 자연스러웠다.

알모도바르 감독의 그다음 영화 〈그녀에게〉의 이야기도 안 할 수 없다. 특이하게도 이 영화의 영어 제목은 'Talk to Her'였는데, 원제는 'Habla con Ella'였다. 3국의 제목이 사실 다 달랐던 셈이다. '그녀에게 말해요'라던 영어 제목과는 달리, 스페인어로는 '그녀와 말해요'였다. 사실 그 말이 그 말 아니냐 싶기도 하지만, 영화의 내용을 생각해보면, '그녀에게'와 '그녀와'는 참으로 다른 의미인 셈이다. 그녀가 알아듣거나 말거나 그냥 말하라는 쪽이 영어라면,

함께 대화하라는 쪽이 스페인어다. 영화 속에서 의식이 없는 알리시아에게 계속 말을 거는 행위를 '일방통행'으로 볼 것인가, '쌍방 대화'로 볼 것인가의 여운을 남긴다. 실로 거대한 논란으로 끝을 맺는 결말부에 이르면 어쩌면 영어 제목과 스페인어 제목의 미묘한 뉘앙스 차이에서 그 논란을 암시하고 있었던 것 같기도 하다. 어째서 영어 제목을 'Talk with Her'라고 하지 않았을까? 궁금하다. 어쨌든, 스페인어 'con'을 번역하면 물론 'with'에 가깝지만, 'with'만으로는 온전히 받아내지 못하는, 특유의 영역이 숨겨진 뉘앙스가 있는 것 같다(내 추측이다). 스페인어 노래에 종종 등장하는 'conmigo'나 'contigo'라는 말은 각각 'with me', 'with you'라는 뜻인데, 전치사를 아예 명사에 붙여서 한 단어로 만들어내는 발상이 어쩐지 한층 더, 정겨운 느낌을 준다.

정말로 스페인어는 정다운 언어 같다고 생각한다. '한'이라든가 '정'이라는 정서, 혹은 '효'라는 개념이 우리한테만 있는 특산품처럼 여기는 사람들이 있지만, 〈코코〉만 봐도, 거기도 있을 거 다 있다. 한도 있고, 정도 있고, 심지어 그 효도 있고 그렇다. 스페인어를 들으면, 정말이지 독일어는 세상 무뚝뚝하고, 프랑스어는 살짝 간질거리는 것 같고, 영어는 새삼 밍밍하다. 왜 그런지 잘 모르겠지만, 스페인어는 확실히 모음으로 끝나는 단어가 많아서인지 부드럽기도 한 느낌이다. 그래서 노래하기에도 좋은 언어인 것 같다. 때때로 몹시 빠르고 시끄럽게 느껴지기도 하지만.

글로리아 에스테판의 노래 중에 〈Con los años que me quedan〉이라는 노래가 있다. 직역하자면 '내게 남은 시간 동안' 정도의 뜻인데, 이걸 영어로 'With the years that I have left'로 번역하자니 얼마나 매력이 없어지는지. 에스테판의 10주년 앨범에 수록된 저 노래는, 정말 뜻을 몰라도 따라 부를 수 있을 정도로 단어가 또렷하고 부드럽게 들린다.

그러고 보면 스페인어 노래에서 많이 들리는 단어들로 'corazon', 'siempre', 'cuanto', 'mi', 'hablas', 'te quiero', 'ayer', 'ojos', 'tengo' 같은 말들이 있다. 거의 노래로 배우는 스페인어라고 해야 할까. 그런데 노래를 듣다 보면 사랑 노래로구나, 하며 자연스럽게 전해지는 느낌 비슷한 것이 있다. 'mi amor'는 '내 사랑', 'mi corazon'은 '내 마음', 'tus ojos'는 '너의 눈', 이런 단어들이 귀에 자연스

럽게 들어온다. 말하지 않아도 알 것 같은, 말랑말랑
하고 또 애잔한 마음들, 나는 떠나가지만 너를 잊지
못할 거라는 고백에는, 역시, 스페인어가 잘 어울리
는 것 같다. 그래서 〈코코〉는 꼭 스페인어 더빙으로
볼 수 있으면 좋겠다.

우나 세르베자, 포르 파보르

스페인의 작은 휴양 도시 가라치코(Garachico)라는 곳에서 한식당을 열었던 〈윤식당 2〉를 재미있게 보았다. 어찌 된 셈인지 거기까지 가서 노동하는 삶의 고단함을 과하게 부각시킨 것이 아닌가 조금 의아했다. 방영된 장면만 놓고 보자면 정말이지 윤여정 씨는 가라치코가 어떤 동네인지 끝까지 모른 채 덥고 좁은 주방에서 고생만 하고 오신 걸까 싶기도 했지만, 쉬는 장면은 정말 편하게 쉬시라는 뜻으로 따로 촬영하지 않았을 거라고 내 마음대로 믿고 있다.

나는 그곳에 온 사람들이 비빔밥을 잘 먹는지 호떡이나 잡채를 좋아하는지는 별로 관심이 없었다. 다만, 시간이 지날수록 점차 그곳이 동네의 사랑방처럼 되어가는 것이 흥미로웠다. 자칭 타칭 영업 담당 이서진 씨가 장사를 접는 게 못내 아쉽다는 후일담을 전했는데, 그 말이 얼마간 진심으로 느껴질 만큼, 윤식당은 나름 가라치코의 핫 플레이스로 급부상한 것처럼 보였다. 이 부분이 발리의 작은 섬에서 촬영된 〈윤식당 1〉과 가장 큰 차이점이 아니었나 싶다. 전편이 세계적인 휴양지의 풍광으로 압도했다면, 두 번째 시즌은 가라치코라는 작은 동네와, 그 동네에 사는 사람들의 생생한 표정들이 살아 있어서 좋았다. 요컨

대 잠시나마, 이국의 작은 생활 공동체 안으로 들어
간 느낌이었다.

　바르셀로나에 처음 갔을 때, 유난히 약국과 은
행이 많다는 점이 인상적이었다. 민박집 주인에게
그 얘기를 했더니, 바르셀로나에 많은 것 세 가지가
약국과 은행과 술집인데 "은행에서 돈을 찾아서 저
녁에 술을 마시고 술병이 나면 다음 날 약을 사 먹는
코스"라는 농담을 들려주셨던 기억이 난다. 요즘의
바르셀로나도 그런지 모르겠지만, 어쨌든 그런 루틴
이 성립된다는 것은 생활의 중심에 함께 먹고 마시
는 문화가 자리 잡고 있다는 뜻이 아닐까. 아닌 게
아니라, 거기 사는 사람들은 식당에 가면 최소한 두
시간은 할애해 밥을 먹는 듯했다. 스페인은 아니지
만, 베네치아에서 한번은 이런 일도 있었다.
　6시쯤에 저녁을 먹으러 돌아다니는 중이었다.
마침 오가는 길가에 작은 레스토랑이 막 문을 여는
것 같아서 들어갔는데, 하필 저녁에 풀 예약이라 자
리가 없다고, 미안하다고 하는 것이었다. 배고픈데
거절까지 당해 풀이 죽은 채 돌아서는 이국의 여행
자들이 짠해 보였는지, 레스토랑 주인이 우리들을
따라 나와서 두 시간 안에 저녁을 다 먹을 수 있느냐

고 물어보았다. 말인즉슨, 레스토랑 예약은 8시부터
였는데, 6시에 온 손님들을 받지 않는 것이었다. 우
리들은 한 시간 안에도 먹을 수 있다고 얘기하고 싶
었지만, 왠지 조금 민망해 그저 고맙다고만 했다. 심
지어 같이 간 친구가 술을 한 잔도 못해서, 와인 한
잔도 없이 기민하게(?) 식사를 마쳤다. 나름대로 여
유 있게 수다를 떨면서 밥을 먹었던 것 같은데, 두
시간까지 걸리지는 않았다. 그리고 우리가 나갈 때
까지 예약 손님은 아무도 오지 않았다. 바르셀로나
에서도 사정은 비슷했다.

단 며칠간의 여행, 한두 도시의 여행만으로 일
반화해보자면, 스페인, 이탈리아 그리고 포르투갈 여
행의 공통된 괴로움은 이르고 모진 더위이고, 비슷
한 즐거움은 맛있는 음식이 아닌가 싶다. 심지어 양
도 엄청 많다. 거의 모든 음식이 와인과 정말 잘 어
울리고, 한 병에 5유로짜리 와인도 너무 맛있다. 맛
있는 음식에 양은 많고 와인 페어링도 좋으니, 이곳
의 여행은 혼자 가면 좀 괴로운 면이 있다. 혼자서
식사하는 사람들 또한 흔치 않았다. 〈윤식당 2〉를
봐도 혼자 온 사람은 별로 못 본 것 같다. 아마 많았
어도 편집했을 가능성이 크다. 음식을 먹으면서 소

곤소곤 이야기 나누는 장면이 이 프로그램의 핵심이고, 혼자 온 사람에게 애초에 기대할 수 없는 장면이니까. 오래전부터 여행을 혼자 자주 다녔던 사람으로서 왠지 쓸쓸해지는 장면이지만, 〈윤식당 2〉에 찾아오는 연인들, 가족들, 이웃과 친구들은 모두 참, 보기 좋았다.

작은 동네에서 나고 자라, 그곳에서 직업을 얻고 일가를 이루고 생을 마무리할 수 있다는 것은, 이 땅에서 살고 있는 사람들에게는 이제 도무지 믿기 어려운 판타지나 다름없다. 정작 그렇게 살고 있는 사람들, 아마도 가라치코의 젊은이들은 답답해할지 모르겠지만, 어느 집의 몇째가 올해 대학을 갔고, 어느 집의 딸이 아이를 낳았다는 사실을 온 동네 사람들이 당연한 듯 알고 있을 공동체가 유지되는 마을은 역설적이지만 외지인들에게는 더욱 매혹적이다. 마블 영화에 나올 것처럼 생겨서 능숙하게 발골(發骨)을 하고 있는 정육점 아저씨가 3대째 가업을 잇고 있고, 음식점에서 밥을 먹고 있으면 들어오는 사람 중 8할은 아는 사람인 작은 동네일수록, 자연의 혜택이 크고, 그 혜택으로 대부분이 살아갈 수 있을 확률이 크며, 그 혜택은 당연히 관광객으로 대표되는 외지인들을 꾸준히 불러들이기 마련이다. 화면에 잠깐 비치는 모습으로 예단할 수는 없지만, 그곳은 관광과 생활이 적당한 수준에서 밸런스를 이루어, 관광객들이 현지인들의 생활을 과하게 침범하지 않는 행운이 가능해 보였다. 물론, 〈윤식당 2〉 이후에 한국인 단체 관광객들이 밀려들고 있다면 좀 다른 국면이 되겠지만.

그래서 〈윤식당 2〉에서는 요리와 서빙으로 고생하는 출연진의 입장보다는, 그 식당의 손님이 된 듯한 느낌으로 감정이입을 시도할 수 있어서 좋았다. 낯선 동네의 낯선 식당에 홀연히 찾아드는 낯선 경험. 음식이 좀 늦게 나와도 바쁠 일 없는 일상, 하루이틀 머물까 했지만 동네가 마음에 들어서 일주일쯤 있겠다고 일정을 바꾸는 시간 부자의 여유, 박서준 씨처럼 훤칠하게 잘생긴 식당 직원에게 자신 있게 "Una cerveza, por favor!(맥주 한잔이요!)" 편하게 말할 수 있는 찬스를, 나도 언젠가 갖고 싶어진다. 언젠가는.

ようこそ!

모르긴 몰라도 한국 사람 셋 중 하나는 일본어 학원을 한두 달 다녀보지 않았을까 짐작한다. 나도 그런 사람 중 하나였고, 처음에는 일본어가 제법 쉽다고도 느꼈다. 학원을 석 달 정도 다니다가 말았는데, 아마 슬슬 한자가 나오고, 동사가 본색을 보일 무렵이었던 것 같다.

다들 어려워하는 첫 번째 고비에서 떨어져 나온 후로도, 어쩐지 일본어는 '내가 마음만 먹으면' 금방 할 수 있을 것 같은, 근거 없는 자신감으로 그냥 두고(?) 있는데, 마치 '우리 애가 공부를 안 해서 그렇지 마음만 먹으면 금방 성적이 올라갈 것'이라고 생각하는, 공부 못하는 자식을 둔 부모의 심정이 혹시 이런 건가, 싶다. 한참 기무라 타쿠야의 일드를 빠져서 볼 때는 자막 없이도 무슨 말인지 알 것 같다고 착각할 때도 있었지만, 정말 자막 없이 본 적은 없다. 안 내가 워낙 잘되어 있는 나라인지라, 여행 가서 크게 어려움은 없지만, 한자만 잔뜩 적혀 있는 꼬치집 같은 곳은 들어 갈 생각을 못한다. 나도 일본에 가서 맛있는 음식을 주문하기 위해 일본어 능력시험 1급을 땄다는 가수 이적 씨와 같은 스토리를 가져봤으면 좋으련만.

그것은 일본어의 첫 키스니까

꽤 오래전에, 드라마 좀 본다는 사람들은 일본 드라마를 열심히 봤다. 특히 후지 TV에서 월요일 9시에 편성되는 드라마를 의미하는 '게츠쿠'는 한국 드라마 마니아들에게도 늘 관심사였다. 그때 일드에 입문한 작품으로 거의 대부분의 사람들이 백이면 백 추천하는 작품이 있으니, 바로 1996년 후지 TV에서 방영되었던 〈롱 베케이션〉이라는 드라마였다. 일본에서는 그냥 줄여서 〈롱 바케〉라고 불렸던 것 같다. 우연히 동거를 하게 된 연상 연하 커플의 좌충우돌 연애담을 주축으로, 사회 초년생들이 겪어내는 시행착오를 알콩달콩 달콤쌉싸름하게 그렸다.

〈롱 바케〉의 성공은 이후 일본은 물론 한국의 드라마에도 지대한 영향을 끼쳤다. 영향을 끼치다 못해서 〈러브 제너레이션〉이라는 일본 드라마를 표절해 조기 종영했던 한국 드라마도 있었다. 〈롱 바케〉는 일본 드라마의 황금시대를 열기도 했지만, 무엇보다 기무라 타쿠야라는 '현상'이 시작된 이정표가 아닐까 싶다. 기무라 타쿠야는 〈롱 바케〉에서 스물네 살 소심한 피아니스트 세나로 출연해서 마침내 소심함과 우물쭈물함을 이겨내고 사랑하는 미나미에게 힘차게 고백하고, 애증의 대상인 피아노와도 운명을 확인한다. 뭐든 잘 안 풀리는 시기를 '신이 주신 긴 방학'이라고 여기라던, 속 깊은 미나미의 위로를 들으며, 힘차게 성장해나간다. 기무라 타쿠야는 그렇게 피아니스트를 비롯하여, 광고 기획자, 헤어드레서, 요리사, 아이스하키 선수, 파일럿, 카레이서, 검사 등 다양한 전문직을 두루 거치며 삐딱하지만 책임감이 넘치고, 무뚝뚝하지만 순정이 가득한, 심지어 얼굴마저 잘생긴 아시아의 이상형으로 사랑받았다.

그래서 정말 많은 사람들(대부분 여성 시청자들)이 기무라 타쿠야의 드라마를 보다가 일본어에 입문했다. 심지어 회사 동료 하나는 타쿠야의 드라마에 심히 몰입해서 어느 날 사표를 던지고 무작정 일본으로 떠나기도 했다. 나로 말하면, 기무라 타쿠야의 미모도 좋았고 캐릭터도 좋았지만 사실 그 목소리가 좋았던 것 같다. 더 정확하게 말하자면 기무라 타쿠야의 일본어가 좋았다. 일본 사람들도 그 목소리를 좋아했는지 그의 일본어가 내레이션으로 깔리는 드라마가 제법 많았는데, 그중에서도 TBS에서 2000년에 방영된 〈뷰티풀 라이프〉가 유독 기억에 남는다. 드라마의 줄거리는 참으로, 이래도 울지 않을 셈이냐 전략이 깔려 있는 고전 신파에 가까운데 기무라 타쿠야의 목소리가 깔릴 때마다 새삼 애잔함, 처연함, 담담함 같은 것들이 총체적으로 어우러 졌다. 그래서 죽음과 이별이라는 예정된 운명을 받 아들이면서도, 끝이 보이는 사랑에 정공으로 돌입하 는 착한 연인들을 응원하는 사람이 많았다. 드라마 를 본 지 한참 지났는데 유독 기억에 남는 내레이션 이 있으니 대략 이런 내용이다. 〈뷰티풀 라이프〉를 봤다면 누구든 이 내레이션을 잊기 어려울 것이다.

보쿠타치와 토이레노 마에데 키스오시타
하지메테노 키스
코와레소나 키미오타키요세나가라
보쿠와 숏토 고레카라노 후타리노고토
강가에테미타
데모 소레와 우마쿠 이카나카타
샤본다마 미타이니 스구니 키에테 시마타
보쿠와 고레카라 도코니 이켄다로

우리들은 화장실 앞에서 키스를 했다
첫 키스
부서져버릴 것 같은 너를 끌어안으면서
나는 가만히 이제부터 우리 두 사람의 일을
생각해보았다

하지만 그것은 잘되지 않았다
비눗방울처럼 곧바로 사라져버렸다
나는 이제부터 어디로 가는 걸까

그때, 이 장면의 내레이션이 너무 좋아서 반복
적으로 내레이션을 중얼중얼 따라 했다. 급기야 한글
로 받아 적고, 일본어로 바꿔서 써보고, 정성이 사방
으로 뻗쳤다. '보쿠'는 남자만 쓰는 말인데도 상관없
었다. 그런데 막상 한국 드라마를 생각하면 내레이
션이 나오는 것을 별로 좋아하지 않는 편이다. 연극
으로 치자면, 드라마의 내레이션이란 결국 등장인물
이 시청자에게 직접 토로하는 방백 같은 건데, 작가
가 너무 손쉽게 등장인물에게 감정이입을 시킬 수 있
는 장치라고 생각한다. 그런데, 기무라 타쿠야만 나
오면, 내레이션 안 나오나 기다리곤 했다. 이게 다 일
본어를 몰라서 싹튼 막연한 동경일 것이다.
　　나의 기무라 타쿠야 일드 여행은 1996년 〈롱
베케이션〉으로 시작해 2007년 〈화려한 일족〉을 마
지막으로 사실상 막을 내렸다. 명실상부한 아시아
최고의 배우이자 엔터테이너 중 하나인 기무라 타쿠
야는 이후로도 변함없이 꾸준하게 작품 활동을 계속
해왔지만, 2000년대 중반부터는 사람들의 관심사가

일드에서 미드로 옮겨 가고 있었던 것 같다. 하지만 그 10여 년 동안의 일본 드라마와 기무라 타쿠야는 정말이지 대단했다. 드물게 비극으로 끝나는 작품도 있었고, 무표정하게 사람을 희생시키는 냉혈한 배역도 있었지만, 팬들은 기무라 타쿠야를 백 퍼센트 응원하고 싶어 했다. 좋은 직업인, 동료이자 좋은 선후배, 좋은 상사이면서 또 좋은 연인이며 좋은 남편이었던, 매 순간 극도로 최선을 다하는 '잇쇼켄메이(一生懸命)'의 현현 같았던 기무라 타쿠야를 TV에서 보는 것은, 지지 않을 싸움을 기대하는, 불가능한 꿈 같은 마음에서였을 것이다.

이제 일본 아니라 어디에서도 그런 이상주의를 찾아보긴 어렵지만, 그때의 기무라 타쿠야를, 그 조각 같은 얼굴로 사랑한다 말하고, 약속을 지키겠다 맹세하고, 누가 뭐래도 이 길을 가겠다 다짐하던 목소리를 떠올리면 어쩐지 다시 10년 전, 20년 전의 '무엇이든 될 수 있을 것 같던' 시절이 소환된다. 늙지 않을 것 같았던 그 배우도 주름이 켜켜이 많아졌고, 해체하지 않을 것 같은 그룹도 흩어졌고, 나는 무엇도 되지 못하였으나, 〈뷰티풀 라이프〉의 첫 키스는, 영영 잊히지 않을 것이다. 소레와 니홍고노 하지메테노 키스다카라(그것은 일본어의 첫 키스니까).

듣기와 말하기만이라도
어떻게 좀 안 될까?

대학에 다닐 때 나도 남들처럼 휴학하고 미국으로 어학연수를 갔다. 부화뇌동의 트렌드에 충실했지만, 어쨌거나 영어를 배우겠다고 돈 쓰고 시간 쓰며 이역만리로 떠나서 새로운 친구들도 많이 만났다. 그중의 상당수는 일본 친구들이었다. 당시 한일 양국의 학생들은 미국 대학에 부설로 있는 ELI(English Language Institute) 같은 영어 교육기관의 최대 고객이었다. 그곳에서는 처음 만난 일본 학생들조차 이미 쉬운 인사말이나 숫자로 치환되는 한국어 욕설 정도는 적절하게 구사하고 있었다. 이에 질세라 덥거나 추울 때, "아츠이(熱い)!", "사무이(寒い)!"라고 외치는 한국 학생들도 많았다. 우리는 서로, 그야말로 이웃 나라이니 어쩔 수 없이 쌍방이 서로에 대해 아는 것도 많고 구사하는 영어 수준도 비슷하고 영어 문법은 꽤 하는데 회화가 안 되는 통한마저 공유하고 있으니, 만나자마자 금방 친해지는 것이 너무 당연한 일이었다.

그러던 어느 날, 쉬는 시간에 복도에서 여느 때처럼 한일 양국 학생들이 잡담을 나누고 있었는데 ELI 디렉터가 "English!"라는 명료한 단어를 외치며 지나갔다. 순간 왁자지껄하다가도 갑자기 조용해지는 체홉 연극의 한 장면처럼 일순 조용해졌다. 서로 멀뚱멀뚱 바라보던 우리들 중 누군가가 "We are speaking English, ma'am!" 하고 외쳤다. 뒤통수에 대고 외친 그 말을 들었는지 디렉터가 뒤를 돌아보더니 과장되게 미안하다면서 우리가 일본어로 대화를 나누고 있는 줄 알았다고, 사과했다. 차라리 그런 해명이라면 하지를 말지, 정말이지 짧은 시간에 다양한 각도로 한일 양국의(?) 자존심에 그야말로 '기스' 내지는 '스크래치'가 파바박 번져갔다.

일본 애들은 괜히 미안해했고, 한국 애들은 당황스러워했다. 다음 수업이 시작되어 상황은 대충 정리되었지만 수업 내내 신경에 거슬렸다. 아무래도 짜증의 포인트가 너무 많았다. 명색이 인터내셔널 학생들을 전문적으로 가르치는 기관의 디렉터라면서 한국과 일본 사람들이 모이면 일본어로 대화를 나눌 거라고 생각한 그 할머니의 상당한 무식함이 거슬렸고, 우리가 주고받던 그 말들이 전혀 영어처럼 들리지 않았다는 팩트가 또한 몹시 신경 쓰였다. 한국 애들은 어쩐지 은연중에 우리가 영어를 못해도 일본 애들보다는 발음이 좀 나을 거라는 자부심 섞인 망상에 빠져 있기 마련인데, 아무튼 그 순간에는 모든 것이 엉망진창이 되어버린 셈이다.

그러나 복합적인 짜증의 순간에 불쑥, 그렇다면 혹시 일본어는 좀 쉽게 배울 수 있는 걸까, 하는 작은 물음표가 둥실 떠올랐다. 유리코와 아키코와 소마 같은 그때의 친구들은 나의 일본어 발음이 좋다고 제법 칭찬해주기도 했으니까. 실은 나뿐만 아니라, 그냥 한국 친구들이 일본어를 잘하는 것 같다고, 일본 친구들이 진심으로 부러워하기는(?) 했다. 미국 대학에 개설된 일본어 초급 과정에 한국 학생들이 들어가서 미국 학생들을 주눅들게 하는 '양민 학살' 사연도 종종 들려왔다. 나도 다음 학기에는 ELI 수업은 그만 듣고 미국 애들이랑 일본어 수업을 한번 들어볼까 싶은 욕심도 조금 들었다.

한국 사람이 일본어를 비교적 쉽게 느끼는 까닭은 무엇일까? 여러 이유들이 있겠지만, 그중의 하나는 조사의 존재 때문이 아닐까 싶다. 주어 하나를 쓸 때도 '은/는/이/가'를 놓고 고민해야 하는 모국어를 가진 사람으로, '와타시와'의 '와'가 바로 '은/는/이/가'를 뜻한다는 것을, 거의 본능적으로 짐작한다. '하지메테노 키스'라는 말에서도 '노'가 바로 '의'를 뜻하고, '키스오시타'라고 하면 '오'가 '을/를'인가 보다 하고 직감으로 알아차리는 것이 가능하기에, 일본어의 도입은 너무나 평화롭다. 나 역시 그래서, 내가 똑똑한 것인가 일본어가 쉬운 것인가, 살짝 고민하면서 즐거운 일본어 입문 과정을 거쳤다. 히라가나를 외우고 가타카나를 외우고 여러 형용사를 외우고 주요 동사의 기본형을 외울 때만 해도, 드디어 이렇게 외국어 하나는 쉽게 배우나 보다 착각했을 사람들이 얼마나 많았을 것인가?

정체와 효용을 좀처럼 눈치채지 못하고 관사를 억지로 이해하고자 애쓰며 외웠을 경험이 누구에게나 있다. 영어의 관사가 독일어처럼 양적으로 압도적이거나 질적으로 정교한 수준까지는 아니라고 해도, 사실 언제 'the'를 쓰는가, 언제 'a'를 써야 되는가, 혹은 언제 아무것도 안 써야 하는가를 끝끝내 이해하기란 쉽지 않았다. 그렇다면 대항마로 우리에게는 조사가 있지! 작가 김훈이 '꽃이 피었다'와 '꽃은 피었다'를 놓고 고민한다고 할 때, 적어도 한국어 네이티브들은 고민의 깊이까지는 짐작하기 어려워도, 두 문장의 차이 정도는 쉽게 추측한다. 그런데 저 문장을 외국어로 번역하면 어떤 모양새가 될까? 어떻게 '이'와 '은'의 차이를 번역해낼 수 있을지 잘 모르겠다.

한국어만큼 주격조사가 다양하지는 않더라도,

어쨌든 조사가 있는 언어라는 것 자체가 일본어에 대한 친밀도를 급상승시켜주었다. 동사가 문장의 맨 끝에 있다는 것도 친근하다. 끝까지 들어봐야 아는 말은 우리말만이 아니었던 것이다. 그리고 심지어, 높임말도 있다. 높임말이라는 게 실은 문법의 범위에 속한다는 것을 한참 나중에 알았다. 높임말 항목은 한국말 난이도의 최상급에 속하지 않나 싶은데, 일본어도 참 만만치가 않다. 한국말에도 '나'를 낮춰 부르는 말로 '저'가 있긴 하지만, 일본처럼 내 어머니를 남에게 소개할 때는 낮춤말로 말한다는 규칙은 아무래도 독특하다. 이런 규칙은 특히 알파벳 쓰는 문화권의 사람들에게는 얼마나 힘들 것인가.

그런데 이렇게나 비슷한 점도 많은데, 왜 나는 아직도 십수 년째 초급 일본어에서 벗어나지 못하고 있는 걸까? 세간에는 일본어 공부에 세 가지 허들이 있다고 알려져 있다. 첫 번째가 가타카나, 두 번째가 5단 동사, 세 번째가 한자. 나로 말하면 두 번째와 세 번째 사이 어딘가에서 계속 〈사랑의 블랙홀〉처럼 다시 처음으로 돌아가곤 하는 것 같다. 무슨 언어이든 결국 절대적인 공부 시간에서 그 성패가 좌우될 텐데, 일본어가 슬슬 어려워지는 시점에 노력을 더 안 하게 되는 뻔한 패턴이 반복되었기 때문이다. 특히 하나의 문장에 태연하게 히라가나와 가타카나와 한자가 녹아들어 있는 일본어의 본질적인 특성이, 정서적으로나 실질적으로 제일 어려웠다.

子どものころ、クリスマスにサンタクロースさんからプレゼントをもらうのが大きいな楽しみでした。

오래전에 배웠던 『첫걸음 일본어 독해』 교재에 나왔던 한 대목이다. 해석하자면 이렇다.

어린시절에, 크리스마스에산타크로스로부터선물을받는것은커다란기쁨이었다.

저렇게 한 줄에 히라가나와 가타카나와 한자가 다 들어 있다. 한자가 있으면 뜻은 짐작하기 쉽지만, 어떻게 읽어야 할지 몰라서 멈칫거리게 된다. 이건 우리말을 외국어로 배우는 사람들도 마찬가지일 것이다. 한글 자모만으로 외국어도 쓸 수 있고 한자어도 쓸 수 있으니까. 그런데 일본어는 히라가나와 가타카나와 한자가 마치 한 몸인 것처럼 움직이고, 그

중에서도 한자가 역시 강력한 활약을 한다.

뜻을 알겠지만 못 읽는 말과 뜻을 모르지만 읽을 수 있는 말 중에 무엇이 더 쉬울까? 저마다 취향을 탈 만한 주제겠지만 나는 후자가 더 쉬울 것 같다. 이론적으로는, 우선 읽을 수 있으면 뜻은 찾아서 외우면 될 것 같다(물론 이론이 그렇다는 것이다). 하지만 온전히 읽지도 못하는 말은 어떻게 친해져야 할지 모르겠다. 게다가 이미 'おおきい'라는 단어를 외웠는데, 똑같은 발음으로 '大きい'라는 말도 알아야 한다. 일문과에서 강의하고 있는 친구 하나는 요즘 일문과 학생들도 한자를 어려워한다고 한다. 명색이 일문과 가서 그러면 쓰나 싶었지만 학생들 마음이 십분 이해되기도 한다.

일드를 보면 이따금씩 알아듣겠는 짧은 대화도 나오고, 여행 중 식당에서 "トンカツ一つください(돈가스 하나 주세요)" 같은 말을 한다거나 편의점에서 "五百三十円です"같은 말을 들어도 담담하게 530엔을 동전으로 낼 수도 있지만 이래 가지고서야 일본어를 한다고 말할 수는 없다. 처음에 마냥 쉬운 줄 알았던 말이 닿을 듯 닿을 듯 전혀 가까워지지 않고 있다. 하지만 그래도, 아직도, 일본어는 늦게라도 마음

만 먹으면 중간 정도는 하지 않을까 막연하게 믿고 싶다. 한자가 어려우니 읽기와 쓰기는 패스하고, 듣기와 말하기만이라도 어떻게 좀 안 될까? 왕년의 일본어 유망주가 생각해보는 얕은 묘책이다.

아무튼, 계속 쓰고, 뛰며, 싸워나가는

안 읽은 사람은 있어도 한 권만 읽은 사람은 없을지도 모르겠다. 무라카미 하루키의 책 얘기다. "당신이 첫 번째로 읽었던 하루키의 작품은 무엇입니까?"라는 질문을 한다면, 정말 많은 답변들이 쏟아져 나올 것 같다. 나로 말하자면, 하루키의 첫 책은 『오블라디 오블라다 인생은 브래지어 위를 흐른다』였고, 소설책으로의 첫 만남은 그보다 훨씬 뒤인 『해변의 카프카』였다. 에세이와 소설 사이의 간극이 거의 10년이 된다. 90년대 중후반에 대학을 다니면서 하루키를 읽지 않았던 것은 '괜히 남들하고는 다르고 싶었던' 흔한 이유였다. 졸업할 무렵이 되어서야 『오블라디 오블라다 인생은 브래지어 위를 흐른다』를 읽고, 에세이스트 하루키를 처음 만났다. 뜬금없는 브래지어 타령의 제목은, 비틀즈의 노래에 나오는 바로 이 부분,

Obladi, Oblada,
Life goes on, BLAH!

'BLAH'에서 연유한 것이었다. 어찌 된 셈인지 비틀즈 앨범의 가사집에 "인생은 브래지어 위를 흐른다"고 번역이 되어 있었다고 한다. 그 밖에도 은행 창구에서 "무라카미 하루키 씨"를 호명할 때 난감해

하고, 전철을 타고 다닐 때 자신을 알아보며 인사하는 팬들을 만날 때 반가워하면서도 또 난처해하는 하루키는 솔직히… 귀엽다. 일상생활의 작고 미세한 장면들과 틈새들을 간결하고 담담하게 그리는 에세이스트 하루키는, 단정하고 깔끔하고 성실한 사람이다. 맥주 한잔 청하고 싶은 사려 깊은 어른 같다. 그런 자리가 생기지도 않겠지만, 만약 그럴 일이 있어도 본인이 말을 많이 하기보다는 기꺼이 듣기를 좋아할 사람 같다.

그러나, 소설을 쓰는 하루키는 전혀 다르다. 특히나 최근 작들은 견디기 어려울 정도로 고통스러운 심연의 끝을 응시하는, 미로 같은 내면으로의, 꿈속으로의, 역사로의 여행이다. 소설 쓰는 하루키의 세계는 칸트같이 정교한 루틴을 반복하는, 그러나 맹물 같은 남자가 신비로운 여인들과 밤을 보내고, 또 밤을 보내고, 때로는 낮도 보내다가 이 꿈에서 저 꿈을 다니며 스스로도 알지 못하는 생의 이면을 마주하고 제자리로 돌아오는 오디세이아가 많다.

『해변의 카프카』 이후 또래들이 모두 이십대에 읽었을 하루키의 책들을 역산하여(?) 느지막하게 후루룩 읽어냈다. 장편들도 좋지만, 「토니 타키타니」 같은 단편들도 좋았다. 하루키의 단편들은 좀처럼 습기가 느껴지지 않는다. 그래서 번역 과정에서 결락되는 부분이 최소화되는 느낌도 든다.

그렇다면 다음, 가장 어려운 질문. "가장 좋아하는 하루키의 작품은 무엇입니까?" 이 역시도 제각각의 수많은 답변들이 쏟아져 나올 테다. 언제 이 질문을 받는가에 따라서도 답변은 달라질 수 있겠지만, 나는 고민 끝에 『언더그라운드』를 고르게 된다. 좋아한다고 말하기는 망설여지지만, 이 책은 작가로서의 하루키가 앞으로 어떤 작품을 써나갈지 암시하는 변곡점과도 같은 작품이며, '글을 쓴다는 행위란 무엇인가'에 대한 응답이자, 무엇보다 무국적의 코스모폴리탄처럼 유영하던 하루키 월드가 결국 일본이라는 나라에 안착하는 계기 같기도 하다.

『언더그라운드』는 1995년 온 세계를 경악시켰던 도쿄 지하철 사린가스 살포 사건의 피해자들을 하루키가 한 명 한 명 찾아다니며 인터뷰한 것을 기록한 책이다. 사건의 원인과 경과, 일류대 출신 초엘리트로 밝혀진 사린가스 살포자들과 옴진리교라는 거대하고 이상한 종교 집단에 모든 뉴스가 집중되는 사이, 그저 '피해자'로 일반화되어 뉴스 한쪽으로 비켜나버린 한 명 한 명의 고통스러운 회고와 이후의 나

날들을 짚어냈다. 여느 때처럼, 늦지 않게 부지런히 출근하고 등교하려는 평범하고 착한 사람들이 난데없는 살의에 목숨과 가족과 영혼과 일상을 잃게 되는 그 촘촘한 과정이 현미경처럼 그려진다. 하루키가 그때 그 시각, 지하철에 타고 있었던 사람들을 굳이 수소문해서, 어렵게 찾아가 힘든 이야기를 청하고 글을 쓴 이유라면, 세상의 모든 비극과 슬픔은 모두 하나하나 개별적이고 구체적이라는 사실을 증명하기 위해서라고 생각한다. 죽지 않고 살아남았으나 주변의 질시에 위축된 사람들, "언제까지 아픈 척을 할 셈이냐"라는 공공연한 적의들 앞에서 두 번 상처를 입는 사람들, "힘을 내서 살지 않고 그렇게 엄살이라니 나약해빠졌다"라는 비난들에 일터를 떠나간 사람들이 거기 있었다.

나는 비극적인 재난이 닥쳐와 사람들이 죽고 다칠 때마다 『언더그라운드』가 종종 떠올랐다. 살아남은 사람들에게 여전히 지속되는 슬픔에 대해, "산 사람은 살아야지"라는 말의 잔혹함에 대해 곱씹어 생각했다. 위로받을 수 없고 위로할 수 없는 슬픔을 대하는 태도는 어떤 모습이어야 하는가, 고통의 근원을 어떻게 마주해야 하는가, 그래서 살아 있는 사람들은 어떻게 살아가야 하는가에 대한 긴 이야기가, 실은 『1Q84』나 『기사단장 이야기』의 천 몇백 페이지에도 담겨 있다. 하지만 나는, 2011년 3월 11일 그해의 봄에도 『언더그라운드』를 다시 꺼내 읽었다.

동일본 대지진으로 하루아침에 이재민이 된 사람들이 보여준 절제와 인내는 정말 놀라웠다. 유수의 매체에서 "인류 정신의 진화"라고 극찬을 했지만, 극도의 불안 상황 속에서도 새치기 한 번 없고, 버려진 쓰레기 한 조각이 없고, 심지어 우는 아이의 칭얼거림조차 없는 비현실적인 정경에 나는 어쩐지 마음이 무너질 것 같았다. 마치 어느 날 갑자기 닥쳐오는 불가항력의 파괴와 절멸을 무의식적으로 내면화한 것 같은, 오래전에 예정된 운명의 수순을 받아들이는 과정처럼 보이는 처연한 감정들이 너무 슬펐다. 압도적인 재앙에 극도로 차분하게 대응하는 사람들을 보면서, 울컥 슬픔이 밀려왔다.

언제고 땅바닥이 흔들려 주변을 둘러싼 모든 것을 삼킬지도 모른다는 학습을 평생에 걸쳐 반복한다는 것은, 일본이라는 땅에 사는 사람들의 숙명과도 같은 것이다. 어딘지 늘 의심이 많고 겁도 많고 조심성이 많은 특유의 기질 밑바탕에는, 수백 년

누적된 죽음의 공포가 도사리고 있었던 것은 아닐까. 체념이라는 정당화, 순응이라는 편리함, 대의 혹은 대세라는 이데올로기에 유독 일본 사람들이 쉽게 투항하는 것처럼 보이는 것은, "혼자서 바꿀 수 있는 것은 없다"라는 오래된 확증 때문일지도 모르겠다. 하루키는 그래서 늘, 눈에 잘 띄지 않지만, 자세히 보면 그 누구와도 닮지 않은, 유일한 단독자 같은 사람이 결국 세계에 작은 균열이라도 내고 마는 이야기에 집요하게 매달리는 것 같다. 세상에 개인보다 중요한 것은 없다는 선언, 하나하나의 개인이 우주이며 알파고 오메가라는 다짐이 더욱 강력해지는 것 같다. 그리고 나는 그 돌파력을 응원한다.

일본 문단에서는 외면받는 하루키지만, 파리나 베를린 혹은 포르투의 크고 작은 서점의 '일본 문학' 섹션은 하루키 섹션이나 마찬가지라는 것을 서점 순례객들은 안다. 누가 뭐라든 처음부터 마이 웨이였던 사람, 묘비명에 "적어도 걷지는 않았다"라고 쓰고 싶다는 진짜 러너인 이 작가를 존경한다. 그의 작품을 모두 좋아한다는 뜻은 아니다. 갑자기 히카루 겐지 같은 마성남이 되어버리는 소설 속의 바람둥이 맹물남을 애정한다는 뜻도 아니다. 만날 여자랑 같이 자고 나서 깨달음을 얻는 것도 마음에 들지 않는다. 하지만 아무튼, 계속 쓰고, 계속 뛰며, 계속 싸워나가는 그 '계속해보겠습니다' 정신을 사랑한다. 체념하지 말고, 순응하지 말고, 투항하지 말고, 다른 그 어떤 존재에게라도 나를 방치하지 말라는, 어찌 보면 잔소리 같은 메시지가 아직은 질리지 않는다. 그렇게 '언제 적' 하루키는 '그래도' 하루키가 된다.

欢迎!

양조위나 장국영이 좋아서 중국어에 관심이 생겼는데, 광둥어라는 게 따로 있는 줄도 몰랐던 시절에, 화교 후배에게 잠깐 중국어—물론 만다린—를 배웠다. 성조의 세계는 놀라웠다. 발음하다 보면 모든 단어를 4성으로 말하고 있었다. 가장 적응 안 되는 성조는 역시 2성이다. 고개를 아래위로 까딱까딱하거나 손으로 지휘를 해가며 문장을 읽어나가는 게 은근 재미는 있었다.

하지만 〈화양연화〉로 중국어를 기웃댄 지 십수 년이 지나, 현실적인 이유로 마흔 넘어 중국어를 다시 처음부터 배우기 시작했다. 어쩌다 간 베이징 출장길에서 택시도 못 타고 스타벅스에서 아메리카노도 시키기 어려웠으니 어쩔 수 없었다. 어디라도 '뭐 안 되면 영어 하지'의 배짱으로 버터왔는데 영어가 한마디도 통하지 않는 곳이 있었으니 베이징이었다. 생각해보면 자기네 나라 말도 아닌 영어에 열심히 반응해줬던 다른 나라 사람들의 호의가 예외적인 일이었다.

아무튼 그래서 중국어는 느릿느릿 다시, 처음인 것처럼 배우고 있다. 프랑스어처럼 시제가 괴물 같지 않고, 독일어의 무시무시한 관사 같은 것도 없지만, 중국어는 보어가 복잡하다. 한 달 여덟 번 수업에 80퍼센트 출석도 쉽지 않아서 3개월 이상 배운 것이 맞나 싶은 자괴감만 아니라면, 조급함만 없다면, 오래오래 배워볼 수 있는 언어라고 생각한다. 병음이 적혀 있지 않은, 띄어쓰기 없는 기나긴 한자의 행렬을 보고 있자면, 그 자체로 만리장성이나 자금성의 위용이 느껴진다.

미국식 커피를 마신다

지난해 여름부터 중국어 공부를 하고 있다. 일주일에 두 번, 점심시간에 회사 동료들 몇이 모여서 선생님을 모시고 수업을 듣고 있다. 이렇게 저렇게 미팅이 생기고 점심에 회식도 잡혀 꼬박꼬박 출석하기는 쉽지 않지만 그래도 가능하면 빠지지 않으려고 애쓰고 있다. 〈화양연화〉나 〈와호장룡〉을 보고 중국어를 공부하리라, 낭만적으로 다짐했던 오래전과는 달리 이번에는 아주 단순하고 분명한 이유가 있었다. 얼떨결에 중국에 출장이라는 걸 두어 번 다녀와서, 중국어를 한마디도 못하는 채로 중국에 가는 일의 무모함을 온몸으로 겪었던 탓이다. 한마디로 '출장 가서 혼자서 살아남기' 정도가 점심시간 중국어 수업의 거의 유일한 목표라고나 할까.

여기저기 혼자서 길게 혹은 짧게 여행을 다니면서 늘 '대충 영어 하면 되겠지'라고 생각해왔다. 여행객이 쓰는 영어라는 게 다 거기서 거기이기 마련이라, 경험적으로 어딜 가도 그냥 기초 영어로 체크인하고, 밥 먹고, 지하철 타고, 택시 타고 돌아다닐 수 있었다. 베이징에 갈 때도 사실 비슷한 생각으로 떠났다. 홀로 여행 구력 몇 년인데 유수의 대도시에서 택시 하나를 못 타겠는가, 설마 밥을 굶겠는가

호기롭게 생각했건만 실은 배고프고 오도 가도 못해 세상 서러운 굴욕의 순간들을 맞을 뻔했다. '호텔'이라는 말, '에어포트'라는 어휘, '아메리카노'라는 단어를 못 알아듣는 세계에는 처음, 당도한 것이다. 긴 출장은 아니었지만 상황이 이런 탓에, 안 그래도 바쁜 현지 직원들이 나 때문에 시간을 빼앗길 수밖에 없었다. 베를린의 브란덴부르크 게이트 옆 스타벅스에서도, 가마쿠라 대나무 숲 근처의 스타벅스에서도 우리 회사 근처의 스타벅스에서와 같이 또박또박 아메리카노를 주문하고, 그 익숙한 맛에 안도했는데, 베이징의 스타벅스에서는 그게 잘 통하지 않았다. 아메리카노를 한 서너 번은 말했더니 그제야, 그나마도 손가락으로 찍었기 때문에 점원이 알아들었던 것 같다. 아무리 여행을 많이 다녔다고 해도, 중국어를 모르니 베이징에서는 그저 우주 미아 되기 십상이었다.

언젠가 명동에 갔을 때 일본인 관광객이 일본어로 무슨 호텔이 어디 있는지를 물어본 적이 있었다. 또 한번은 역시 명동 화장품 가게에서 중국 사람이 중국어로 무슨 화장품이 있느냐고 물어본 적이 있다. 물론 대략의 짐작이지만. 두 번 다 기분이 별로 좋지 않았는데, 전자는 왠지, 지금이 무슨 식민지 시대인 줄 아는 건가, 태연하게 조선 땅에서(!) 일본어로 길을 물어보는 패기는 무엇인가 싶어서 굳이 영어로 "고 스트레이트"라고 다분히 심술궂은 표정으로 알려주었다. 후자는 내가 화장품 가게 직원… 아니 점장으로 보였나 싶어서 어떤 기분을 느껴야 할지 몰라 어정쩡했지만, 어쨌든 또 영어로 모른다고 했다. 일본 사람들이, 중국 사람들이 한국에서 영어를 하지 않는다고 짜증이 났던 셈이니, 생각해보면 좀 이상한 울화였다. 그렇다고 그 사람들에게 한국말을 기대했던 건 아닌데, 영어는 모를 수도 있으련만. 아무튼 뭐라고 정리해야 할지 모르겠는 복잡한 심사가 있었다.

　　중국 사람들은 그런 면에서는 명쾌한 것 같았다. 중국에 오는 사람이라면 응당 중국어를 알아야 된다고 믿는 태도 혹은 중국어 모르는 사람은 패스(!) 한다는 의지 같은 것이 느껴졌다. 우리나라에서는 애칭의 느낌으로 '사과폰'이라는 말을 쓰기도 하지만, 공식적인 매체에서는 당연히 '아이폰'이라고 쓴다. 그런데 중국에서는 공식적으로 '苹果(사과)手机(핸드폰)'이라고 쓴다. '아이폰'이라고 하면 못 알아듣는 사람이 많다. 그런데 그럴 만하지 않은가 싶은 생각도 든다. 자국의 언어를 쓰는 사람들이 세상

천지에 그렇게 많은데 중국어 외의 다른 언어를 굳이 왜 해야겠다고 생각하겠는가? 따지고 보면 미국 사람들도 마찬가지다. 어딜 가도 사람들이 영어 정도는 할 가능성이 높으니, 굳이 외국어를 따로 공부할 필요성 같은 것은 느끼지 못할 가능성이 크다. 두 가지 언어를 능통하게 하는 사람들을 바이링구얼이라고 한다면, 한 가지 언어밖에 못하는 사람은 아메리칸이라는 농담도 있으니까. 어쨌든 그래도 죽으라는 법은 없는지, 번역기라는 게 있어서, 어찌어찌 행선지를 적어 택시 기사님에게 보여드리면서 호텔에도 가고 사무실에도 갔다.

그런가 하면 베이징에선 모두가 위챗(Wechat) 페이를 쓰고 있어서, 택시를 타고 밥을 먹고 편의점에 가고 술을 마실 때 지갑을 여는 사람이 많이 없었다. 한번은 길거리에서 파인애플 한 쪽을 사 먹었는데, 생활의 달인 느낌의 무심한 표정으로, 그러나 광속의 스피드로 파인애플 껍질을 까던 노점상이 손으로는 연신 껍질을 까면서 턱으로 위챗 페이 QR 코드를 가리켰다. 사 먹으려면 위챗 페이로 결제하라는 안내였다. 번거롭게 현금 같은 거 내가 지금 받아줄 손이 없다는 설명이었다. 동행한 베이징 사무실의 직원이 자기 핸드폰으로 순식간에 결제해준 덕분에 파인애플을 맛있게 먹고 돌아다녔지만, 위챗 페이를 관광객이 충전하는 것은 또 좀 쉽지는 않은 것 같았다. 그래도, 나름 마음을 먹어보았다. 다음에 출장 올 때는 기초 중국어와 회화를 공부하고, 위챗 페이를 충전하고, 바이두 지도 앱의 사용법을 좀 더 익히고, 파파고 같은 통역 앱을 업데이트 하고 가겠다고. 그러면 베이징 사무실 직원분들에게 끼치는 민폐도 많이 줄일 수 있으리라.

그리하여 큰맘 먹고 시작한 중국어 수업은, 아직까지는 들을 만하다. 초급이니까. 아직 많이는 어렵지 않고, 십수 년 전에 두 달 배우면서 기억했던 단어가 희미하게 다시 생각날 때도 있으니까. 다만 예습도 없고 복습도 없는, 순전히 오늘만 사는 느낌으로, 수업 시간만의 배움으로 유지되는 학습 패턴이라 진도가 느리다. 전통과 역사를 자랑하는 중국어 교재는, 여전히 기숙사로 가는 길을 묻고 형제자매의 수를 묻는다. 요즘 중국에서는 바이두 지도가 잘되어 있어서 앱을 깔면 길 물어볼 일이 거의 없고, 지난 40여 년 가까이 한 집에 한 명밖에 못 낳게 산아 제한을 했으니(최근에 폐지되었다고 한다) 형제와 자매란 현실에서는 존재하지 않는 유니콘 같은 존재 아닌가 싶지만, 내가 산 교재들에서는 집집마다 형제자매가 넘쳐나고 있다. 결국 중국어 교재도 다른 외국어 교재랑 근본은 별로 다르지 않다. 여하간 이런 식이라면 초급 중국어만 한 3년 할 것 같은 느낌이지만, 그래도 안 하는 것보다야 나으니까. 느릿느릿 걸어도 황소걸음이라고 하니까. 그래도 이제는 아메리카노 주문 정도는 할 수 있을 것 같다. "一杯美式咖啡(아메리카노 한 잔)!" 베이징에서는 미국식 커피가 제맛이랄까!

애타게 청명검을 찾아서

'중국 영화'라는 말을 들으면, 대뜸 떠오르는 이름 들은 주윤발, 장국영, 양조위, 유덕화, 장만옥, 임청 하 혹은 주성치와 성룡 같은 이름들이다. 솔직히 비 디오테이프 표지에 속아서 주윤발이나 주성치가 주 인공인 줄 알고 빌려 왔던 작품들도 많았다. 본 건 지 안 본 건지 구분이 잘 안 되는, 그 내용이 그 내용 같은 영화들도 많았지만, 얼마나 재미있는 영화들이 많았는지! 쏼라쏼라 하는 저 흥미로운 말, 노래하는 것 같기도 하고, 놀리는 것 같기도 하고, 싸우는 것 도 같은 이상한 말을 중국말이라고 생각했다. 물론, 내가 본 대부분의 영화들이 중국 영화라기보다는 홍 콩 영화였지만, 어쨌든 중국이나 홍콩이나, 이런 무 신경한 심정으로 많은 영화들을 보았다. 동아극장 에서 뤼미에르극장에서 또는 집에서 비디오테이프 로…. 무지와 무신경함은 주로 동행하기 마련이라 사 실 중국과 홍콩이 '그냥 결국 중국 아닌가?'로 결론 맺을 수 없는 관계라는 것은 한참 후에 알았다.

〈와호장룡〉을 극장에서 보고 나왔을 때, 나도 리무바이처럼 수련과 용처럼 중력을 가볍게 이탈하 여 대나무 숲을 날아다니고 싶은 충동에 사로잡힐 만큼, 멋짐이 대폭발하는 우아한 무협의 세계에 반

해버렸다. 과연 〈와호장룡〉은 그해 오스카 외국어 영화상을 받았고, 그때까지 미국에서 가장 흥행에 성공한 외국 영화라는 얘기도 들었던 것 같다. 그런데, 이토록 멋진 영화가 정작 중국에서는 좋은 평가를 받지 못했다. 심지어 "중국 영화가 아니다"라는 평가도 있었다. "오리엔탈리즘을 헐리우드식으로 포장했다"는 혹평에도 시달렸다. 나는 이 멋진 영화가 본토 사람들에게 외면받는다는 사실이 좀 아쉽다 못해 속상했다. 미국 자본으로 만들어져서 그런 건가? 이안 감독이 대만 출신이라서 그런 건가? 여러 가지를 추측해보며, 대륙의 안목 없음(?)을 이해해보고자 노력했다. 그런데 이런 박한 평가가, 실은 작품과는 무관할 수도 있었다는 것을 우연히 알게 되었다. 잠시 중국어를 가르쳐주던 화교 후배가 〈와호장룡〉이 대륙 사람들에게 무시받았던 중요한 이유 하나를 알려주었다.

"언니, 〈와호장룡〉은 중국어가 너무 엉망이에요. 중국어 제대로 하는 배우가 장쯔이 하나였어요."

그 순간 내 머리 위로 말풍선이 떠 있었다면 물음표가 열 개쯤 둥실둥실 떠다녔을 것이다. 중국 영화에서 중국어가 엉망이라니…?

"주윤발은 홍콩 사람이니 광둥어 네이티브고, 장첸도 대만 사람이라 만다린은 좀 어색해요. 그중에 최고는 양자경인데, 양자경은 중국어 정말 못하는 것 같아요. 말레이시아 사람이라 그런가. 외국 사람이 중국어 하는 느낌? 저도 사실 중국어 때문에 몰입이 안 되더라구요."

　　양자경이 만다린을 못하는지 처음 알았고, 말레이시아 사람인 것도 매우 신선했다(미스 말레이시아 출신이다). 그녀는 광둥어는 제법 하는 편이었지만, 처음에 영화 데뷔하던 시절에는 그나마 그 정도의 광둥어도 제대로 못했다고 한다. 오히려 영국에서 오래 거주한 편이라 영어가 익숙했다니, 반전이라면 반전이었다. 아무튼 주윤발과 양자경의 로맨스가 영화의 무게 중심이요 중력과도 같은 핵심적인 부분이었는데, 두 사람이 주고받던 말들이 그렇게 어눌하고 어색했다니⋯. 중국에서 흥행이고 비평이고 모두 실패한 이유가 무엇인지 얼추 알 것 같았다. 우리가 미드 〈로스트〉의 대니얼 대 킴의 한국어 열연에 결코 '햄보칼 수 없었던' 이유와 다르지 않았다. 궁금해서 영화 제작기를 찾아보니, 주윤발은 대사 처리가 안 된다고 한 장면을 스물여덟 번까지 다시 찍었고, 양자경도 마찬가지였으며, 그녀는 특히 한문을 몰라서(!) 고생을 했다고 한다. 심지어 무술팀들도 홍콩팀과 중국팀, 대만팀들로 함께 구성이 되었는데 의사소통이 어려워 제작 과정에서 예민한 상황이 많았다는 얘기까지. 거의 바벨탑 건설의 현장이었다고나 할까. 게다가 이안 감독과 같이 시나리오를 쓴 사람은 미국 사람이었으니 이런 재난 상황에서 이토록 놀라운 작품이 나왔다니, 영화 외적으로도 영화적인 스토리가 이어진 셈이다.

　　미국의 영화제작사는 이 영화를 영어로 만들기를 원했다고 한다. 얼핏 생각하면 황당하지만 미국의 영화는 거의 예외 없이 영어로 만드니까, 미국 사람들은 자막을 읽지 않는다고 하니까, 이상할 것 없는 선택이었겠지만 이안 감독은 무조건 중국어로, 만다린으로 영화를 찍겠다고 버텼다. "무협영화를 영어로 만드는 것은, 서부극에서 존 웨인이 중국어를 하는 것이나 마찬가지"라는 이유를 대면서. 막상 그 결과는, 서구의 관객과 비평계에서는 환호를 얻어냈지만, 중국어권에서는 환영받지 못했다니 아이러니하다. 대만 출신 감독이 이를 몰랐을 리 없다. 불가능한 프로젝트에서, 중국어권과 비중국어권 모두를 만족시킬 수는 없었을 터였다. 그렇다면, 중국 방송이나 영화에서 하듯이 더빙이라는 방법도 있었겠지만, 배우의 목소리를 버릴 수 없었다고 한다. 영화 속 갈등과 욕망의 산물인 청명검을 찾아 떠나는 여행이 이런 것이었을까? 중국어권 감독들이 중국 쪽에서 영화를 만들 때도 사실 고민이 없지는 않다. 가령 허우샤오시엔이 〈비정성시〉에서 양조위를 말 못하는 농아로 설정한 이유 중에는, 홍콩 출신의 양조위가 민남어(대만의 중국어)에 능숙하지 못했던 이유도 있었다고 하지 않나.

〈와호장룡〉의 리무바이처럼 지상을 가볍게 이탈하듯 비약해보자면, 내가 중국어라고 생각했던 미지의 언어가 흡사 〈와호장룡〉의 청명검과 같은 것은 아니었을까 생각해본다. 무엇인지 모르지만 매혹적인 것, 애타게 갖고 싶었던 것, 좀처럼 닿기조차 어려운 것…. 학습의 동기가 된 〈화양연화〉의 중국어와 〈와호장룡〉의 중국어가 내가 배우던 중국어와 사실은 좀 달랐다는 것을 나중에야 알았지만, 세상의 많은 일들은 의외로 목표와 결과가 일직선상에 놓여 있지 않은 법이다. 그토록 애타게 청명검을 지키려던 사람들, 혹은 뺏으려던 사람들 중 누구도 검을 진정으로 소유하지 못했건만, 검이 인도한 운명의 길은 아무도 피할 수 없었다. 그렇다면 나로 돌아와서 우연인 듯 운명인 듯 뭔지 모르겠는 이 중국어 탐구 생활의 끝은, 그래서 어디로 이어질까.

실제로, 그렇게 몇 개월이나마 배웠던 중국어 덕분에 짧게나마 정말 뭉클했던 순간이 있었다. 중국어를 배우고 4개월쯤 지나서였을까? 에드워드 양 10주기를 기념하는 〈고령가 소년 살인사건〉을 보러 갔다. 러닝타임 237분이라는 위엄을 각오하고 보러 갔던 이 영화는, "한 편의 영화가 꿈꿀 수 있는 거의 모든 것을 가진 영화"라는 김혜리 기자의 한 줄 평에 조금의 과장도 없었다. 네 시간을 육박하는 긴 러닝타임이 어떻게 흘러가는지 모르게 지나가면서, 1960년대 대만의 그 뜨거웠던 한여름날, 소년 샤오쓰와 그의 가족이 꿈꾸고 좌절하고 절망하는 그 촘촘한 사연들에 마음을 빼앗겼다. 무엇보다 정말이지 아는 게 하나도 없다시피 했던 대만의 슬픈 역사와, 그 땅에서 어쩌다 보니 영영 살아가게 된 사람들에게 뜻 모를 연민의 감정 비슷한 것도 느꼈다. 마지막 장면에서는 눈물이 핑 돌고 말았다.

진짜 이름은 장첸이지만 가족과 친구들이 샤오쓰라고 부르는 고집 세지만 내성적인 소년은 어느 날 우발적으로, 돌이킬 수 없는 사고를 저지른다. 제목이 곧 스포일러이니, 그는 그러니까 살인범이 되어버린 것이다. 영화가 끝나갈 무렵, 경찰이 한심하고 난감하다는 표정으로, 소년에게 종이를 내밀며 이름을 적으라고 한다. 넋이 반쯤 나간 소년이 종이에 끄적끄적 무엇인가를 적고 나간다. 경찰이 그 종이를 보면서, "이게 무슨 이름이냐? 자기 이름도 모르는 놈"이라고 욕을 하며 쓰레기통에 종이를 처박자 카메라가 종이 위를 비춘다. 삐뚤빼뚤한 한문으로, 거기에는 '小四'라고 써 있다. 샤오쓰. 친구들과 가족들이 부르던 이름. 그저 '넷째'라는 뜻밖에 없는, 친밀한 관계 속에서만 살아 있는 애틋하고 특별한 애칭. 살인을 저지른 피의자에게 이름을 쓰라는데, 넷째라고 쓰는, 앞으로 닥쳐올 운명에 대해 조금도 알 턱이 없는 바보같고 천진한 이 소년이 안쓰러웠다. 물론, 소년이 사랑하고, 죽여버린 소녀는 더더욱 안타까웠지만.

영화의 마지막 장면, 샤오쓰네 집 마당의 빨래가 펄럭이고 있는 어느 여름날(영화의 영어 제목은 'A Brighter Summer Day'이다), 라디오에서 대학 합격자의 이름이 흘러나온다. 그 이름들 사이에 장첸이 있다. 샤오쓰의 공식적, 사회적 이름. 맥락상 당연히 동명이인이겠으나, 그 이름 때문에 감옥에 있는 샤오쓰 혹은 장첸의 가족들의 마음은 또 한 번 무너졌을 것이다. 그러거나 말거나, 태양은 뜨겁게 타오르고, 빨래는 무심하게 말라간다.

237분 내내 들려오던 '샤오쓰'가 '넷째'라는 뜻임을 나는 그제야 알았다(아니 그걸 끝날 때 알았단 말인가, 되물을 사람도 있겠지만…). '작을 소'와 '넉 사'는 옛날에도 알았지만, 중국어를 그나마 몰랐다면, 영영 그 구겨진 메모에 적혀 있던 슬픔을 읽어내지 못했을 것이다. 삐뚤삐뚤 두 글자에서 불가항력으로 떠내려가는 개인의, 일가의 비극을, 돌이킬 수 없는 대만의 디아스포라를, 슬픔의 아시아를 읽었다고, 감히 말해본다. 두 글자가 샤오쓰라는 걸 모르고 봤어도 위대한 걸작이지만, 알고 보는 게 당연히 훨씬 더 좋은 법이니까.

등려군의 달, 왕페이의 달

초심자가 보기에 중국어의 개성적인 어려움은 크게 두 가지인 것 같다. 글자 하나하나마다 높낮이가 있다는 것, 그리고 알파벳이 없다는 것. 그러니까 같은 발음을 가졌으나 높낮이에 따라 전혀 다른 뜻이 되고, 'ABC' 혹은 '가나다라' 같은 기본 알파벳이 없어서 이론적으로 글자가 무한 증식할 수 있다는 말이다.

어느 언어나 상용 단어의 개수는 대체로 정해져 있으니 글자 증식의 고민은 무척이나 쓸데없는 걱정이겠지만, 표의문자라는 점은 기본 알파벳을 읽고, 외우고, 자음과 모음을 자연스럽게 조합해가며 배웠던 여타의 언어와 독보적으로 다른 부분이라서 사실 배움을 시작하는 데 망설임이 가장 컸다. 그러니까 다른 말들은 알파벳을 익히면 뜻을 몰라도 단어를 읽을 수는 있는데, 중국어는 원천적으로 그게 불가능하다는 거다. 일본어는 그래도 불완전하지만 히라가나와 가타카나까지는 읽을 수 있는데…. 아무튼 처음 만나는 표의문자의 위엄도 있는 데다, 영어를 배울 때도 특유의 인토네이션 때문에 한국어 네이티브로서 괴로움이 큰데, 하물며 문장도 아니고 글자마다의 높이 변화라니, 이건 꿈일 거야 싶은 두려움이 중국어 초기 진입의 가장 큰 허들이었다.

나 역시 내가 1, 2, 3, 4성을 골고루 제대로 사용하고 있는지 잘 모르겠다. 아무래도 모든 단어에 강세를 주는 4성을 주로 쓰고 있는 것 같은데, 중국어 선생님은 초심자 기죽을까 봐 별다른 타박을 하지 않는 편이다. 중국어를 읽다 보면 그 성조 때문에, 평서문인데 꼭 의문문처럼 들린다. 그래서 선생님이 질문을 하신 건지, 아니면 생각을 말씀하시는 건지 가끔 모르고 지날 때도 있다.

그래도 성조의 애환과 굴욕을 대략 체념하고 나면 의외의 부분에서 중국어가 친한 척을 하기도 하는데, 예를 들면 단수와 복수도 없고, 당연히 성, 수 일치 같은 것도 없고, 관사도 없고, 동사가 격에 따라 변화하지도 않고, 심지어 시제마저 거의 없다는 점이 그렇다. 불어나 독어나 스페인어 같은 언어를 조금이라도 공부했던 사람이라면 동사의 격변화나 시제가 없다는 장점은 실로 압도적이라고 느껴질 만큼 실용적(?)이다. '가다'라는 뜻을 가진 '去'라는 단어가 '간다', '갔다', '갈 것이다', '가고 싶다' 등으로 두루두루 쓰인다. 내가 가든 그녀가 가든 우리들이 가든 마찬가지다. 오직 그 하나의 글자만 있으면 된다. 격변화가 없다면, 그렇다면 시제의 표현은 어떻게 가능한가? 간단하다. '어제'라는 부사어가 있으면 '갔다'가 되고, '다음 주'라는 단어가 있다면

'갈 것이다'가 되는 식이다. 맥락으로 동사의 시제를 결정하게 하는 것은, 어찌 보면 시간의 개념을 규정하는 것과도 크게 다르지 않은 것 같다. 어쨌든 동사가 변하지 않는다는 것은 어학 초심자들에게 복음과도 같은 혁명적인 은총이다. 물론 이것이 과연 성조와 맞바꿀 만한 허들인지는 개인차가 있겠으나, 어쨌든 대부분의 언어를 포기하게 하는 협곡 하나가 제거된 셈이긴 하다.

　중국어에서 '가고 싶다'거나 '가야 한다'는 뜻은, '想'이나 '要' 같은 조동사를 앞에 붙여주면 된다. 동사를 연이어서 그냥 붙여 쓸 수 있는 것도 은근히 편리하다. '우리는 밥 먹으러 간다' 같은 말을 쓰고 싶으면 '我们去吃饭'이라고 하면 된다. '去'가 '간다'라는 동사고 바로 붙어 있는 '吃'는 '먹다'라는 동사다. '조동사+동사 원형' 같은 원칙도 아니고, 시크하게 그냥 동사 두 개를 붙여서 쓴다. 동사는 그냥 동사다. 원형이고 분사고 그런 거 없다. 뭔가 쿨하고 실용적이다. '洗'라는 단어 하나로, '씻다', '빨다', '제거하다', '청소하다', '헹구다'를 다 표현할 수 있다. 저렇게 나열하고 보면 우리말은 대체 얼마나 어려운 것일까. 우리말로 '양말을 씻었다'

라고 표기할 수는 없으니까 말이다. 양말은 빠는 것이고, 씻는 건 얼굴이어야 하니까.

그런가 하면 기본이 되는 문장 구조가 '주어+동사' 구조라서, 의외로 서양의 언어들과 구조 면에서 통하는 부분이 있다. 중국 사람들이 영어 배울 때 은근 자신감을 보여도 좋을 만한 부분이 있다면, 주어 동사의 자연스러운 어순과 그 특유의 리듬감 덕분이 아닌가 싶다. 영어의 인토네이션하고는 물론 다르지만, 한국어처럼 혹은 일본어처럼 문장이나 단어들의 나열에 있어서 이렇다 할 높낮이가 없는 말하고는 차원이 매우 다르다. 심지어 'shi'나 'xi' 'chi'나 zhi'같이 우리는 언뜻 구분하기 쉽지 않은 발음까지 세분화되어 있다. 동북아 3국에서 영어 배우기에 제일 편리한 말은 중국어일지도 모르겠다.

잠깐이나마 쉬운 구석을 보여준 중국어는 그러나, 어순에 대해서는 상당히 엄격한 편이고, '보어'가 만만치 않다. 중국어 입문 책 다음으로 본 초급 교재는 조금 과장해서 한 권 전체가 그냥 보어였던 것 같다. 정도보어, 시량보어, 동량보어, 결과보어, 가능보어… 온갖 보어들이 난데없는 세심함을 뽐낸다. 그러면 그렇지, 이렇게 동사가 간단할 리가 없지. 그 간단한 동사의 뉘앙스와 쓰임새와 방향과 결과 등을 보완해주기 위해 보어들이 출동한다. 심플하고 시크한 동사가 결국 민감하고 세심한 보어와 만나서, 그 가능성을, 의지를, 경험을, 진행을, 상태를 모두모두 만들어준다. 동사가 혼자서는 매우 불완전한 존재였던 셈이다. 결국 보어가 입장하면서 문장의 단어 배열은 한층 더 복잡해진다. 그래서 두 번째 책으로 이 보어, 저 보어를 한참 배우다가 아무래도 안 되겠다 싶어 다시 쉬운 교재로, 다시 입문반으로 물러섰다. 그래서 원래는 느릿느릿 중국어를 한 8개월쯤 배웠는데, 요즘 배우는 교재의 순서로는 다시 3개월 정도의 진도인 것 같다. 5개월이 어딘가로 실종된 셈이지만, 본격 보어가 시작되기 전, 꽤 자신만만하던 시기로 돌아왔으니, 말하자면 유급이고 과락을 한 셈이지만 기분이 과히 나쁘지는 않다. 어쩔 수 없지….

마냥 어려운 줄 알았는데 쉬운 면도 있고, 그렇다고 전혀 호락호락하지는 않은 중국어라는 말, 마치 하나의 달을 보고, "저 달이 일편단심 변하지 않는 내 마음이고 내 사랑"이라고 노래하던 〈月亮代表我的心〉의 등려군도 옳고, 〈当时的月亮〉 같은 노래에서 "달이란 하룻밤만 지나면 해가 되는 변덕스러운 것"

이라고 노래한 왕페이도 옳았다고 평해야 할 것 같은
황희정승의 기분으로, 그런가 보다 하면서 오래오래
봐야 할 말인가 하노라.

지금이 아닌 언젠가, 여기가 아닌 어딘가

대학 다닐 때 고등학생에게 잠시 영어를 가르쳤다. 당시에는 대학생들이 과외로 아르바이트를 많이 했다. 과외 수요가 많았던 과목은 당연히 수학 아니면 영어였는데, 수학은 언감생심 누구를 가르칠 수준이 전혀 아니었고, 영어는 그래도 문제집 한 번 미리 보고 가면 버틸 만해서 일주일에 두어 번은 술 마시러 안 가고 과외 학생 집으로 총총 열심히 달려갔다. 동아리 활동이니 뭐니 해서 스스로 중도에 그만두기도 하고, 때로는 잘리기도 하면서 분투하던 그 시절, 가장 인상적인 학생은 고등학생 S였다.

　S의 부모님은 딸의 대학교 진학에 큰 기대를 하고 계시진 않은 눈치였고, 본인도 공부에는 큰 관심이 없는 활발한 학생이었다. 과외를 하던 1년여 남짓, 나는 S의 성적표를 본 적이 없어서 반 석차가 얼마나 되는지, 몇 등급이나 되는지 짐작할 수가 없었다. "선생님이 복장 불량이라고 교무실로 내려오라고 해서 그냥 집에 와버렸어요"라고 담담하게 애기하는 걸로 봐서는 나름 근성 있는(?) 학교생활을 이어가나 보다 추측할 뿐이었다. "궁금한 거 있으면 물어봐"라고 하면 고개를 도리도리하는 S를 보면서 수업을 마치곤 하던 루틴이 이어지던 어느 날, 중간고사인가 기말고사를 앞둔 과외 시간이었던 것 같다.

명색이 시험을 앞두고 있으니 시험 범위를 훑어보며 나름대로 중요하다고 생각되는 부분을 짚어주고, 이건 시험에 나온다, 이건 꼭 외워라 하고 아는 척을 하던 찰나였다. 생전 질문이라고는 하지 않던 S가 "저 궁금한 게 있어요"라며 사뭇 진지하게 말을 시작했다.

"'He is a student'라고 하면, '그는 학생이다'로 해석하잖아요. 그러면, 'is'가 '는'이에요?"

S는 물론이거니와 그때까지 과외하던 학생들에게 받았던 질문 중에 거의 독보적으로 인상적인 질문이었다. 도무지 잊힐 수 없는 질문이다. 당장 다음 주에 시험이 있는 고등학생인데 be 동사를 모른다는 뜻이니 그동안 내가 받았던 과외비가 다 미안할 지경이었다. 지난 몇 개월 내가 가르친 것이 아무 의미도 없었다는 것을 단박에 눈치챘다. 짧은 순간 많은 상념이 스쳐갔지만, 당황하지 않고 'is'는 '는'이 아니고 '이다'라고 설명했다.

"그러면 '는'은 어딨어요?"

그다음은 뭐라고 설명했는지 정확히 기억나지 않는다. 'he'가 '그는'이고, 주어라고 설명했던 것 같은데, 어쨌든 S는 온전히 이해를 한 것 같지 않았다. 내가 굴절어와 교착어의 차이를 설명할 수준은 되지 못했고, 그런 차이를 쉽게 설명할 수 있다고 한들, 이미 망한 시험의 운명을 어떻게 해볼 도리는 없었을 것이다. 충격의 질문을 받고 나서 빨리 과외를 도망, 아니 그만두어야겠다 생각했던 것 같은데, 의외로 S는 나에게 불어도 가르쳐달라고 했다. 영어는 중학교 때 포기해서(?) 미래가 없지만, 불어는 지금부터 공부하니까 미래가 있다는 설득과 더불어. 웬일로 공부를 하겠다는 의지를 보인다며, S의 어머니는 선선히 승락을 하셨다. 나중에 영어는 접고, 불어만 몇 달을 더 가르쳤다.

S는 정말 불어에는 큰 흥미를 보였다. be 동사도 모르고 중고등학교 대부분을 보낸 그녀가 être 동사의 시제 변화를 열심히 외우는 걸 보면서 괜한 뿌듯함과 미안함 같은 것이 함께 느껴졌다. 뿌듯함은 영어를 포기한 아이에게 불어의 재미를 알려줬다는 점 때문이었고, 미안함의 정체는, 불문과에 다니고 있던 그때 당시에도, 불어를 공부해서 딱히 대단한 미래가 없다는 것을 이미 알고 있었거니와, 무엇보다 당장 대학에 들어가는 데 있어서 불어가 거의 필요 없다는 점 때문이었다.

그렇게 몇 달 후 과외가 끝났고, S는 그로부터

얼마 되지 않아 수능시험도 안 보고 미국으로 유학을 떠났다. 넉넉한 집안 형편의 도움을 받았겠지만, 그야말로 ABCD부터 배우게 될 고단한 유학길이었을 것이다. 건투를 빌면서, 나의 과외 선생 커리어도 끝이 났다.

나는 때때로 미지의 언어를 배울 때마다 S의 질문을 떠올린다. 생각해보면 일리 있고 타당한 질문이었다. 다만 그런 질문이 영어를 배우기 시작한 초창기가 아니라 수능을 목전에 둔 시점에 나와 문제 해결의 시간이 충분히 없었을 뿐. 조사가 없는 언어를 처음 배울 때, 그럼 조사의 역할을 누가 하는지 궁금한 것이 당연하다. 나는 어쩌다 그런 것을 궁금해하지 않으면서 대충 영어 공부를 하고, 겨우 해석을 하고 문제를 풀면서 무사히 대학에 갔을 뿐이다. 나중에 조사가 없는 언어의 긴 문장을 접할 때, 주어가 무엇인지 찾는 일은 생각보다 쉽지 않았다. 그때 그 질문을 다시 받게 된다면, 어디서부터 어떻게 잘 설명해줘야 할까 생각해보곤 했다.

그로부터 먼 후일, 독일어 관사를 조우하니 그 언어는 관사가 조사의 역할까지 담당하고 있어서 신기했다. 그 관사들은 뒤에 나오는 명사의 격을 증명

해줄 뿐만 아니라, 분명한 조사도 포함해주고 있었다. 예컨대, 남성명사 앞에 붙는 'Der'는 '은/는/이/가', 'Des'는 '의', 'Dem'은 '에게', 'Den'은 '을/를'의 조사 역할을 수행하는 식이었다. 관사를 열몇 가지 써야 한다는 이유도, 이쯤 되면 수긍이 가는 부분이었다. 물론 수긍이 가는 것과 그것을 잘 사용하는 것은 전혀 다른 차원의 문제다. 혹시 한글 다음으로 처음 배우는 언어가 영어가 아닌 독일어였다면 어땠을까? 별 쓸데도 없고 의미도 없는 가정을 해본 적도 있었다.

학교 다닐 때, 그리고 학교를 졸업한 이후로 제일 많이 듣고 읽게 된 언어는 당연히 영어였다. 옛날 사람이라(!) 중학교 들어갈 때 오선지 같은 노트에 알파벳을 써가며 영어를 처음 배웠지만, 어쨌든 중학교 때부터 시작해도 도합 10년은 배운 실력인데, 영어는 여전히 '읽는 것은 좀 되지만 말하기는 참 안 되는' 그 수준에 마냥 머물러 있다. 어휘 공부를 따로 하지 않으니 읽을 수 있는 문장의 수준이라는 것도 고만고만하다. 학교 졸업 후 영어 공부는 여러 미드를 꾸준히 보는 정도에 그쳤다. 미드 보는 시간을 영어 공부로 환산한다면 상당한 네이티브로 승격이 가능했을 것이다.

〈프렌즈〉나 〈SATC〉같이 그나마 쉬운 단어들이 많이 나오는 미드를 보던 시절에는 알아듣겠는 말이 많아서 종종 기쁠 때도 있었는데, 〈왕좌의 게임〉이라든지 〈하우스 오브 카드〉를 봐야 하는 요즘에는 그런 이벤트도 자주 없는 편이다. 21세기의 〈프렌즈〉 같은 〈빅뱅 이론〉도 열심히 보긴 하지만, 이 '공대생들의 너무한' 대화는 사실 자막을 봐도 따라가기가 쉽지 않다. "영어나 똑바로 하지" 하던 큰오빠의 말은 사실 틀리지 않았다. 업무로써 영어를 쓸 일이 없어서 그나마 다행이랄까 싶은데, 바로 그 이유로 더 잘하고 싶은 이유 또한 크지 않다. 세상에 재미있는 콘텐츠들은 대부분 영어가 많긴 하지만, 대체로 귀신같이 번역이 되어 있는 편이고, 어디 여행이라도 가서 영어가 필요할 때 쓸 수 있는 수준은 되니까.

잡기는커녕 손에 제대로 닿은 적도 없으나 영어를 이미 잡은 언어 취급하면서 그럼 다른 언어를 만나볼까 하며 이 언어 저 언어 기웃거리고 다녔다. 꼭 배우고 말겠다는 목적성이 약하고, 잘하면 좋지 싶은 정도라서, 번번이 입문과 초급 수준에서 뱅글뱅글 도는 일상이 반복되고 있지만, 가성비 떨어지는 이 취미 아닌 취미를 앞으로도 꽤 오래 지속할 것 같다.

이런 뜻 모를 허세 같은 동경, 마음속의 외국어 로망은 굳이 따지고 들자면, 어린 날 출장 가신 아버지께서 집으로 보내주시던 예쁜 그림엽서의 풍경에서 비롯된 것인가 생각할 때가 있다. 아버지는 군산과 창원으로 출장을 주로 가셨지만 때로는 뉴욕과 함부르크 심지어 부에노스아이레스에도 출장을 가셔서 현지 풍경을 담은 엽서를 보내주셨다. 때로는 그 엽서보다 아버지가 먼저 집에 오시기도 했지만, 출장지에서 보내온 엽서를 어린 시절의 삼남매는 손꼽아 기다렸다. 그나저나 출장지에서 엽서를 쓰다니, 절멸이 되었어도 한참 전에 되었을 낭만 아닌가.

1988년 서울올림픽이 열렸을 때, 당시 많은 집들이 그러했듯이, 우리 집도 잠실로 올림픽 경기를 보러 갔다. 온 나라가 올림픽 개최의 열망으로 들떠 있던 늦여름이었다. 물론 나도 올림픽만 열리면 선진국 진입이 되는 줄 알았던 꼬꼬마였다. 그때 잠실 경기장을 서성이고 있던 우리 가족 앞에 일군의 서양 사람들이 다가왔다. 커다란 카메라를 어깨에 메고 있던 키 큰 남자와 마이크를 손에 든 역시 키 큰 여자가 아버지에게 다가와서 뭐라고 뭐라고 했다. 엄마와 나는 이것이 무슨 장면인가 싶어서 한쪽으로 밀려나(?) 있었다. 그들은 NBC 방송팀이었다. 당시 복싱 경기에서 판정 시비가 있었는데, 그 부분에 대해서 한국 사람들이 어떻게 생각하는지 듣고 싶다는 것이었다(아버지가 나중에 설명해주셔서 알았다). 아무튼 무슨 말씀을 하셨는지 모르지만, 아버지는 흔쾌하게 인터뷰에 응하셨고, NBC 방송팀은 "Thank you"를 연발하며 사라졌다. 인터넷은 말할 것도 없고 한국에서 미국 방송이란 AFKN밖에 볼 수 없었을 시절이니, 우리 아버지가 무슨 얘길 어떻게 하셨는지, 방송에 나오긴 나왔는지 끝내 알 수 없었지만, 아버지의 영어회화를 실시간 목격한 순간이었으므로, 그 자체가 경이로웠다. 무역 회사의 영어란 이런 것인가 싶게 존경심 비슷한 마음도 들었다.

세월이 또 흐르고 흘러서 나는 대학생이 되었다. 대학생이 되고 보니, 이따금 아버지가 전화 통화에서 구사하는 영어 단어들이 그렇게 높은 수준은 아니라는 것을 대략 눈치챌 수 있었다. 아버지의 영어에 막힘은 없었으나, be 동사의 비중이 다소 과하게 높았다. 때로 be 동사에 바로 붙어서 다른 동사가 나오기도 했다. 아버지는 대체로 접두사처럼, 문장의 시작에 주어와 be 동사 세트를 놓고, 이어서 본론을 말씀하시는 경우가 많았다. 그러나 그런 비문이 좀 있다 한들, 아버지의 일에 지장이 있지는 않았던 것 같다. 지장이 있었어도, 자식들이 눈치채기 전에 어떻게든 해결을 하셨을 것이다. 지금은 객관적으로, 아버지보다 내가 더 영어를 잘할 것 같기도 한데, 막상 아버지 앞에서 영어를 하기란, 쉽지 않다. 부⋯ 부끄러우니까!

시인 최승자가 "이렇게 살 수도 없고 이렇게 죽을 수도 없을 때" 온다고 했던 나이, 잉에보르크 바흐만이 로마로 떠나거나, 나무를 심거나 혹은 아이를 낳게 되리라 예언(?)했던 나이는 놀랍게도 '삼십세'였다. 삼십 세가 그런 나이였다니 읽을 때마다 흠칫 놀라게 되지만, 로마로 떠나지도 못했고, 나무는 커녕 작은 화분 하나 제대로 키워본 적이 없고, 엄마가 되지 않은 채 마흔도 가볍게 넘어버린 지금은, 솔직히 말해서 로마로 떠났다가도 돌아와야 할 시기가 아닌가 생각한다. 자우림의 〈샤이닝〉의 첫 구절, "지금이 아닌 언젠가, 여기가 아닌 어딘가 나를 받아줄 그곳이 있을까"를 들을 때마다 마음이 크게 일렁이지만, 그 일렁임의 파장이 예전만큼 아주 오래 지속되지는 않는다. 내가 늙어가는 것보다 훨씬 빠르게 지나가버리는 내 부모의 시간들 때문이다. 왜 그때, 훌쩍 떠나지 못했을까, 떠나서 돌아오지 않겠다고 마음먹었다면 지금과는 다르게 살고 있었을까 감상에 빠지다가도, "주말에 집에 오냐?", "카톡으로 온 사진 저장이 안 된다", "집에 와이파이가 끊긴다" 하시는 엄마의 시시콜콜한 VOC를 듣고 있으면 한편으로 깊은 안도가 된다.

그러므로 쓸 일도 없는 불어를 기억하려고 애쓰고, 뜬금없이 독일어 관사와 씨름을 해대고, 일드의 명대사를 반복하거나 스페인어 노래를 따라 부르거나 중국어 성조를 외우며 고개를 위아래로 올렸다 내렸다 하는 것은 떠나지 않고, 떠난 척해보고 싶은 '이루어질 수 없는 사랑'과도 같다. 키에르케고르 원서를 읽어보겠다고 무심하게 네덜란드어를 하나 마스터하신 서강대 철학과 강영안 교수님이나, 혹은 그 바쁜 스케줄에도 중국어, 영어, 일어 등을 익혀가며 해외 활동을 해내는 많은 아이돌처럼 언어 감각이 탁월하거나 부지런하지는 못한 까닭에, 나의 외국어들은 대체로 그저 아장아장 수준에 머물러 있을 것이다.

그렇다면 이다음은? 다음이라니 마치 도장 깨기의 느낌이 들지만, 현실은 도장은커녕… 그래도 포르투갈에 다녀온 후로는 포어에도 관심이 생겼고, 언제고 한번은 가봐야 할 것 같은 러시아를 생각하면 러시아어도 알아야 할 것 같은데, 중간고사를 앞두고 이 책 저책을 보다가 시험을 망쳤던 기억도 떠오르고 그렇지만, 그래도 기약 없는 외국어 배워보기가 그저 취미라서, 소일거리라서 다행이지 않은가.

  * be 동사를 몰랐던 고등학생 S에게서 그 후로 한참 만에, 십수 년이 지나서 연락이 왔다. 유명한 패션 회사의 MD가 되었다는 소식과 함께 밀라노, 파리, 런던을 다니고 있다고. "선생님 덕분에 제가 영어도 하고, 짧은 불어도 하면서 돈도 벌어요!" 외국어 배우기 책을 써야 할 사람은 실은 내가 아니라, S였던 것이다.

나를 만든 세계, 내가 만든 세계
'아무튼'은 나에게 기쁨이자 즐거움이 되는,
생각만 해도 좋은 한 가지를 담은 에세이 시리즈입니다.
위고, 제철소, 코난북스, 세 출판사가 함께 펴냅니다.

아무튼, 외국어

초판 1쇄 2018년 5월 10일
초판 9쇄 2023년 3월 10일

지은이 조지영
편집 이재현, 조소정, 조형희
디자인 일구공 스튜디오
제작 세걸음

펴낸곳 위고
출판등록 2012년 10월 29일 제406-2012-000115호
주소 경기도 파주시 회동길 290 206-제5호
전화 031-946-9276
팩스 031-946-9277

hugo@hugobooks.co.kr
hugobooks.co.kr

ⓒ조지영, 2018

ISBN 979-11-86602-40-9 02810